一番の恋人

君嶋彼方
Kanata Kimijima

角川書店

一番の恋人

1

　最近、家のドアの鍵の調子が悪い。

　外はうだるような暑さだ。夜だというのにじりじりとした熱気に加え、噎せ返るような湿度で、駅から家までの徒歩十二分の間に体力はすっかり奪われていた。

　大学卒業と同時に今のマンションに越してきて、もう六年になる。駅から少々遠いのと年季が入っているのが難点だが、家賃が安く広さもそれなりにあるので気に入っている。

　マンションに着き、エレベーターに乗り込み、四階へ向かう。その角の四〇五号室。そこが僕の住む部屋だ。

　鍵を取り出し、鍵穴に差し込む。回そうとして、しかし金属の軋むあまり耳心地のよくない音がするだけで、ちっとも回ってくれない。数週間前から急に、鍵穴の滑りが悪くなってしまった。今日も不機嫌な声をあげている。しばらくがちゃがちゃと苦闘していると、家の中からドアを叩く音がした。鍵穴から鍵を抜くと、がちゃ、と簡潔な音がしてドアが開いた。

「おかえり、番ちゃん」

　千凪が顔を出す。彼女の姿を目に入れた瞬間、自然と頬が緩む。

「ただいま。暑かったー」

「ね、暑かったね。部屋冷やしておいたよ」

その言葉の通り、家に入った途端ひやりとした空気が体を包む。千凪は肌寒かったのか、部屋着のパーカーを羽織っていた。それでも冷房の温度を下げてくれていたようだ。

パーカーの下は、グレーで無地の半袖(はんそで)ワンピースを着ていた。耳元には花の形をしたイヤリングが光っている。控えめな色のアイシャドウやリップも、編み込んでアップにした長い髪も、全部僕の為に整えてきてくれたんだなと思うと嬉(うれ)しかった。愛(いと)しさが込み上げてくる。

僕は玄関で靴を脱ぐと、そのまま千凪を抱き締めた。びく、と腕の中で千凪が小さく震える。

「ただいま」

僕はもう一度言い、千凪に軽くキスをした。柔らかい感触が唇に触れる。家を出るときと、帰ってきたとき。そのタイミングでキスをすることは、いつの間にか僕たちの中の不文律になっていた。

いつもはすぐに体から離れるのだが、まだ千凪の感触を抱いていたくて、そのままの状態で千凪をじっと見つめた。千凪が笑う。

「ちょっとやだー、離してよ」

「えーなんだよ、ひどいなあ」

「汗臭いんだもん！　早く着替えてきてよー」

千凪がふざけたように腕の中でもがく。仕方ないなあ、と僕は千凪を離してやる。

「はい、これケーキ。買ってきたから後で食べよう」

「わ、ありがとう！　楽しみー」

僕からケーキを受け取ると、千凪がそれを冷蔵庫にしまいに行く。僕は自室へ入ると、スーツを脱ぎ、部屋着に着替えた。汗で湿ったシャツとインナーを洗濯機に放り込み、リビングへと向かう。

テーブルには既に夕飯の用意がされていた。今日はビーフシチューのようだ。輪切りにされたバゲットに、アボカドのサラダが置かれている。「おお、うまそう」と言いながら、食器を運んでいる千凪を手伝う。

食卓の準備が整うと、僕らはテーブルの周りに腰掛け、「いただきます」と手を合わせた。芳ばしい香りが空腹を誘発してくる。

「鍵、早く管理人さんに連絡してどうにかしてもらった方がいいよ」

千凪がサラダを取り分けながら、さっきの調子の悪い我が家の鍵を話題に出す。

「そうなんだよね。いつも連絡しようしようと思って忘れちゃうんだよ」

「私がいるときは開けてあげてるけど、いつもどうしてるの？」

「すっごい頑張って開けてる。トイレ行きたいときとかもう地獄」

木の皿に入れたサラダを千凪が渡してくる。ありがとう、と僕はそれを受け取る。

「コツがあるんだよ、ちょっと持ち上げるようにしながら開けるの」

「それ、やってるはずなんだけどなぁ。うまくいかないんだよね」

そんな他愛のない話をしながら食事は進む。

千凪と付き合って、もうすぐ二年が経とうとしている。互いに何も予定がなければ、週末はいつも二人で会うことにしている。金曜の夜に顔を合わせ、土日をデートしたり家でゆっくりしたりして過ごす。金曜の夜は外食のときもあるけれど、大体の場合はこうやって千凪が先に帰って食事の支度をしてくれている。家に帰ると誰かがいて、食事の準備がしてあって。調子の悪い鍵も代わりに開けてくれる。幸せだなあと思いながら僕は千凪との時間を過ごしている。

会わなかった一週間分の隙間を埋めるように、僕らはいろんな会話をする。

「駅前の潰れたコンビニのとこ、もうなんか新しいのできてきてるんだね」

「そうそう、そうなんだよ。俺的には弁当屋とかできてほしいなあって思ってるんだけど」

「確かに、この辺ってお弁当屋さんないかも」

「でしょ？　あとさ、トラ太郎のとこ見てきた？」

「見た見た！　なんか猫トイレとか餌入れとか、すごい環境整ってた」

「誰かがやってくれたんだろうね、あれ。トラ太郎は幸せな野良猫だよなあ」

こんなくだらないことを気兼ねなく話せる関係が嬉しい。付き合いの長さはそれなりになってきたけれど、僕らの仲の良さはずっと変わっていない。

食事を終えると、ちびちびと酒を飲みながら映画を観るのが近頃のルーティーンだ。僕はビール、彼女は赤ワイン。映画の趣味は二人ともばらばらで、交代でそれぞれが観たい作品を流すようにしている。

一本観終えたら千凪、僕の順で風呂に入る。体の熱が抜けた頃、一緒に寝床へ向かう。元々一人用で買ったセミダブルのベッドは二人で寝るには狭かったが、千凪の体温をずっと感じられるのは好きだった。

変わらないのは関係性だけじゃない。夜の営みの頻度も、週に一度は必ずしている。友人に話すと驚かれる。二年も付き合ってるのに、よく飽きないよな。

飽きるなんてとんでもない。僕は千凪のことが好きで、同じくらい千凪の体も好きだ。胸も尻も豊満な、肉付きの良い体軀。腰辺りにむっちりと肉がついているのも、本人は嫌がっているが僕は好きだ。小さめの乳輪も、綺麗な形の臍も、薄めの体毛も、全部好きだ。

二年間の付き合いで、僕らは何度もセックスをした。その回数が平均的なのかどうかは分からないが、それでも数えきれないくらいしている。それなのに千凪はそのときになると、未だに恥ずかしそうにする。あまり見ないでと濡れた瞳で言われると、逆に僕は興奮してしまう。肌に触れると、ぴくりと体を震わせて捩る。まるで快感に耐えているかのように、ぎゅっと目をつぶり唇を嚙み、僕の愛撫を受け入れる。その顔も声も反応も、何度目だっていつでも新鮮で、愛おしさは変わらない。

ずっと、こんな日々が続けばいいと思っていた。

僕の中での暮らしのルールは、週末に千凪と会う以外にももう一つある。それが、月に一度の帰省だ。

自宅から一時間半かけて、実家に到着する。家の前に立つとチャイムを押した。実家の鍵は持っているし、月に一度はきっちりと帰ってはいるが、余所の家に来ているという感覚にすっかりなってしまっている。

まるで玄関で待ち構えていたかのような早さで、ドアががちゃりと開いて母が顔を出した。夕飯を作っている最中だったのだろう、いつもの大きな花柄のエプロンをしている。

「おかえり、暑かったでしょ」

「ただいま」

家に足を踏み入れると、ふわりと独特な香りがする。良くはないが不快でもない。この家特有の匂いだ。住んでいる頃には気付かなかった。

リビングでは、父がソファに座ってテレビを見ていた。日曜夕方の他愛もないバラエティ番組。それを笑い声一つ上げず見ている。「ただいま、父さん」と声をかけると、顔をこちらへ向け「おお、おかえり」とわずかに微笑んだ。

「元気にやってるのか？」

「うん。元気だよ」

「そうか」

それだけ言うと、父はまたテレビへと顔を向ける。そっけない返事だが、決して無愛想な人ではない。むしろ、優しそうな人だと評されるような容貌だ。垂れた目や笑うと目尻に寄る皺は人懐っこさを感じるし、声も低く落ち着いている。額の真ん中で分けた髪の毛は白髪は少し目立つものの豊かで、六十間近の年齢にしては若い見た目だ。

やがて食卓には料理たちが並べ立てられる。大根と三つ葉のサラダ、牛肉とごぼうのしぐれ煮、鮭の和風グラタン。どれも僕の好物ばかりで、母の昔からの得意料理だ。

テーブルには、三人分の用意しかない。僕は茶碗に白米をよそう母の背中に問いかける。

「兄さんは？　まだ帰ってないの？」

「うん、まだ仕事みたい。先食べてていいよ、だって」

カウンター越しに渡してきた茶碗を、テーブルに置く。兄はシステムエンジニアをしていて、土日に出勤することも多い。兄は僕とは違い、ずっと実家で暮らしている。

父がテレビを消し、ソファから立ち上がって食卓に着く。それを合図に僕も父の斜め向かいに座る。家族の席順は昔から決まっていた。キッチンを隔てるカウンター側の奥の席が父、その隣に母。父の向かいに兄、そしてその隣に僕。

その配置もテーブルも、僕が幼い頃から既にあったものだ。角が丸みを帯びた茶色の木製のテーブルで、四脚ある椅子とセットで購入したようだ。椅子には、青く四角いクッションがそれぞれに置かれている。

黒い革張りのソファも、ガラスの嵌められたスライド式の戸棚も、観音開きの型で中に小さな鏡のついたクローゼットも。配置された家具たちは全て父が選んだもので、幼い頃からの記憶にあるままだ。その家の中の風景がやっと思い出に変わりそうな頃、僕はここを訪れ、いつまで経っても過去にはならない。

月に一度、家に帰ってくること。それが父が僕に課した、実家を出るための条件だった。

僕は六年前、大学の卒業をきっかけに申し出た。一人暮らししたいんだけど。すると、父は穏やかにまくしたてた。

一人暮らしして何の意味があるんだ。ここからだって通勤できるじゃないか。どうせ不純な理由なんだろう。そんなことで、一人暮らしをさせるわけにはいかない。

それでも僕はこの家を出たかった。確かに家にお金を入れたとしても出費はかなり抑えられるし、家事だって母がやってくれる。でもだからこそ、社会人になるという契機で、自立をしたかったのだ。

説得した結果、父は折れた。その代わり、月一度の帰省の条件を提示してきたのだ。

帰る度に父は、色々なことを僕に尋ねる。今日も食事をしながら、父は訊いてきた。

「最近はどうなんだ。仕事は忙しくないのか」

「ちょっと前までは結構忙しかったけど、最近は落ち着いたよ」

「あまり無理しすぎるなよ」

「うん、ありがとう。そういえばこの前さ、内示出たんだ。課長代理に昇進だって」

「おお、よかったじゃないか」

「この年齢でなるのは異例らしくてさ。仕事頑張った甲斐があったよ」

「そうか。頑張ってるんだな」

父が微笑んでゆっくりと頷く。僕は喉元にじんわりと温かいものが広がっていく感覚を覚えた。

いくつになっても、親に認められるということは嬉しいものだ。

父が、僕に求めていることはただ一つだ。男らしくあること。当然仕事の出来や出世も、男らしくあるためには必要な条件だ。

生を受けた瞬間から父の意志は僕に与えられていた。道沢一番。僕の名だ。何事にも一番になれるように。そんな父の願いが込められている。

転んで膝を擦り剝き泣いていると、男なんだから泣くんじゃないと叱られた。

日曜日の朝は叩き起こされ、戦隊番組を見させられた。

パパ、ママと呼んでいると、軟弱だと呼び方を変えさせられた。

僕、という一人称も、小学校低学年の頃に矯正された。それからは自分のことを俺と呼ぶようになったけれど、実は未だに違和感が拭えない。

しかし、父自身はそういった「男らしさ」とは無縁の人間だった。穏やかで他人には物腰柔らかく、声を荒らげたところをほとんど見たことがない。成人男性にしては小柄で痩せている。河原でバーベキューをするよりも、家で本を読むことに至福を感じる、いかにも文化的なタイプだ。きっと父の理想の形に、父はなっていない。もしかしたら、だからこそそれを息子に求めているのかもしれない。

口うるさく思ったこともあったけれど、今では父に感謝している。父に習わされていた柔道と水泳は楽しかったし、体力も筋力も身についた。男だったらいい会社に入って箔を付けろと、就活の相談にもよく乗ってくれた。

そのお陰で、柔道の県大会で優勝できた。学校の成績も常に上位をキープし、名の知れた私立大学に入学できた。今の職場も、業界では最大手の会社だ。全て父の言葉や尽力があったからこそだ。

　父のことは尊敬しているし、好きだ。だからこそ、父の期待に応えて、喜んでもらいたいと、この歳になっても強く感じている。

　両親に近況報告をしていると、玄関の方からドアの音がした。母がもぐもぐと咀嚼をしながら立ち上がる。しばらくして、母と兄の勝利が連れ立ってリビングに入ってきた。

「おかえり、兄さん」

　僕が出迎えると、兄が怯んだような顔をする。でもそれは一瞬のことで、すぐに口角の片側を上げるような不格好な笑みを浮かべた。

「イチ。ただいま」

　兄が僕の隣の席に座り、母が兄の食事の準備をする。兄が食卓に加わると、ぴりっと空気が張り詰めたような感覚になる。兄が父に「ただいま」と言うと、父は目を合わせぬまま「ああ」とだけ答える。

　父と兄は折り合いが悪い。最近は会話を交わす姿もほとんど見たことがない。僕としては、兄も早くこの家を出て行けばいいのにと思うのだが、やはり実家住まいの利便性には敵わないのかもしれない。

　父は、かつて兄にも僕にするように接していた。しかしあることをきっかけに、習い事も見るテレビも学校も就職も、父の意志は一切介在せず、自由に選ばせるようになった。正直僕は、そんな兄が不憫だった。父からの愛情を分け与えられていないように感じてしまった。

「兄さん、仕事相変わらず忙しいんだね。お疲れ様」

「うん。ありがとう」

兄が小さく笑う。少し吊り上がった大きな目は、僕にも父にも母にも似ていない。三白眼気味の黒い瞳はいつも忙しなく揺れている。昔はよく一緒に遊んでいて、五つ上の兄は僕を可愛がってくれていたけれど、最近は会話らしい会話もしていない。月に一度の僕が来るときは必ず家にいるようにしてくれているが、それでも自ら言葉を発することはほとんどない。僕は、兄のことがよく分からない。

父の皿が空になると同時に、食事中の母が立ち上がった。父の目の前に置かれた汚れた皿を持つと、シンクへと向かう。父が「ありがとう」と声をかけると、母は黙って微笑む。

僕は皿に残っていたおかずを口に放り込むと、皿を持って立ち上がった。洗い物をしている母の隣に立つ。

「何か手伝おうか?」

母が泡だらけの手のまま、僕の持っていた皿を受け取る。

「いいのいいの、大丈夫。ありがとね。食後にケーキ買ってきたんだけど、一番は紅茶でいい?」

「あ、うん。紅茶で」

分かった、と返すと、母は洗い物を再開する。僕は所在なく立ち尽くしたまま、母の横顔を見つめた。

帰るたび、老けたな、と思わされる。真っ白な生え際、首筋の深い皺、時折見づらそうにすがめている目。一ヶ月に一度は帰っているのだから、本来はそこまで老け込んでいると感じるはずはない。僕の記憶の中で、僕が子供だった頃の母の姿が鮮烈に焼き付いていて、きっと無意識に比べてしまっているのだろう。そんなことを思いながら、席へと戻る。

しばらくして、深みのある馨(かぐわ)しい香りが漂ってくる。父の好きなアールグレイの香りだ。ティーバッグは好まず、必ず茶葉で淹(い)れている。

やがてティーポットと四つのティーカップが運ばれてくる。次に、白い箱がテーブルの中央に置かれる。それを母が開くと、四種類のケーキがひしめき合っていた。駅前にある個人経営の洋菓子屋のものだ。誕生日もクリスマスも、ケーキはいつもそこで買っている。

「お父さん、どれがいい?」

母が訊くと、「そうだなあ」と父が考えるふりをしてみせる。これかな、と選んだショートケーキは、絶対に父がいつも選ぶものだ。母が用意してあった丸皿にそれを載せると、父の前に置く。

「僕はどれでもいいよ」

兄が言う。しかし父は、そんな兄を無言で睨(にら)みつける。ふう、と小さく溜息(ためいき)をついて、兄はチョコレートケーキに手を伸ばす。僕はミルクレープを選び、母は残ったモンブランを自分の皿に載せる。

いただきますと唱和して、僕らはケーキを食べ始める。いつもと同じケーキ、いつもと同じ味。

きっとそれが安寧だ。

「そういえば、一番」早々とケーキを平らげた父が、紅茶を啜りながら尋ねてくる。「彼女とはどうなんだ」

ちょっとどきりとしながら、平静を装う。

「うん、順調だよ。仲良くやってる」

「そろそろ、紹介してくれてもいいんじゃないか。一回くらい家に連れてきなさい」

「そうだね。そのうち」

最近父は毎回、この言葉を口にする。僕としてはできれば千凪を実家に連れて行きたくない。確かに以前までは、恋人を両親に紹介していた。でも、僕ももう二十七だ。この年齢になってからのその行為は、今までとちょっと意味合いが違う。

結婚。その二文字が何度もちらついたことがあるのは事実だ。だけどその奥にある責任という二文字が、僕が直視しようとするのを避けさせてくる。

「せめてどんな彼女かくらい教えてくれない？」

母がにこにこと笑いながら前のめりになる。

「どんなって言われても……普通だよ、普通。普通の女の子」

「なあにそれ、もっとあるでしょう。可愛い子なの？」

「うーん、俺にとってはすっごく可愛いよ」

「なんだ、ずいぶん惚気るじゃないか」

そんな話をしていると、急に隣の兄が立ち上がった。椅子の脚が床に擦れて、不快な音が響き渡る。会話は中断され、三人が揃って兄の顔を見上げる。

「風呂に行ってくる」

兄の言う風呂は、家の風呂のことではない。家から五分ほど歩いたところにある銭湯のことだ。兄は大きな風呂が好きで、家で沸いていても一人でふらりと銭湯に行くことが多々あった。

「あ、じゃあ、俺もそろそろ帰ろうかな」

冷めた紅茶を飲み干し、腰を浮かせる。兄は既にリビングを出ていた。

「じゃあ、またな。一番」

父が笑っている。不格好に口角を上げるその笑顔は、兄の笑い方とそっくりだ。「うん、またね」と小さく返事をすると、踵（きびす）を返す。

玄関では兄が靴を履いていた。

「待ってよ、兄さん。俺も帰る」

その背中に向かって言うと、兄がゆっくり振り向いて「うん」とだけ言った。

おそらくだが、兄は三十二年間、恋人ができたことがない。周到に隠しているとか、一夜限りの関係ばかり続けているとか、そんな類（たぐい）でもないことは、やはりなんとなく分かってしまう。醸し出す独特の雰囲気がある。

後ろからぱたぱたとスリッパの音をさせながら母がやってきた。

「二人とも、気を付けてよ。一番、家に着いたら連絡ちょうだいね」

「うん、分かってるよ。またね、母さん」

「またね。体には気を付けるのよ」

微笑むその顔にどこか寂しげな影が落ちているような気がして、僕は目を逸らしたくなるのを堪える。一体僕らのいない間、鷹揚とは決して言えない三人はどんな会話をして、どんな暮らしをしているんだろう。この家に帰るたび浮かんでくる疑問を振り払い、「うん、またね」と答え、ドアを開ける。

外は夜だというのに蒸し暑く、照り付けてくる太陽は眠っているものの、噎せ返るような湿っぽさだった。まだ夏の始まりなのに、これからもっと暑くなるのだと思うと気が滅入る。

隙間から何度も手を振る母に、僕も手を振り返すと、ドアを閉める。あちぃな、とつい声が漏れた。

「じゃあね、イチ」

兄はそれだけ言うと、すたすたと歩いて行ってしまった。駅と銭湯の方向は真逆だ。遠ざかっていく丸まった背に慌てて「じゃあね！」と声をかけるが、振り向く気配すらない。仕方なく僕も駅へと向かおうとして、ふと、自分がかつて住んでいた家を見上げた。

縦長の小さな家だった。兄が生まれてしばらくして購入した家らしく、僕が生まれたときにはもうこの家に住んでいた。

一階にはリビングとキッチン、広めの和室とトイレと風呂。二階には父と母の寝室と、父の書斎、もう一つのトイレ、そして僕と兄の部屋。僕ら兄弟は、僕がこの家を出るまで同じ部屋を使っていて、今は兄が一人で使っている。

煉瓦造りの壁には「道沢」と楷書体で書かれた表札が掲げられている。ここに、自分の家族が住んでいるという証だ。

間違いなく、僕が生まれ育った家だ。


「そりゃお前、そろそろ身を固めろってことだよ」

父親が執拗に実家に千凪を呼びたがる話を柳瀬にすると、彼はそう断言した。

「やっぱそうなのかなあ」

「そりゃそうだろ。で、お前は千凪さんとの結婚は考えてるわけ？」

椅子にもたれながら、柳瀬が尋ねる。僕は濡れた髪をかき上げ答える。

「まだ早いかなって思うんだけど。俺たちまだ付き合って二年くらいしか経ってないし」

「何言ってんだよ。千凪さん、いくつだっけ？　二十八？　九？」

「もうすぐで三十になる」

「それくらいの年齢になったら、結婚って言葉を押し付けられるようになるんだよ、女子は」

「そうか？　今はそんな時代じゃないだろ」

「俺らの世代はそう思うかもしれないけどな。もっと上の世代はそうは思わないんだよ。娘が三十過ぎて結婚できないってなると、親は色々言ってくるんだよ」

「そうなのか。柳瀬はよく知ってるんだな」

「当たり前だろ。俺は女子の研究に余念がないんだよ」

ははは、と空笑いをすると、丸く突き出た裸の腹をゆっくりと撫でる。

「まあ、研究ばっかりしてて実にはなってないんだけどな。あぁ俺も彼女欲しい」

柳瀬は会社の同期だ。辞めたり異動したりして疎遠になっている同期が多い中、柳瀬とだけは入社以来ずっとつるんでいる。

最近は仕事後にこうやってサウナに行き、その後飲みに行く、というのが恒例になっている。サウナは好きだ。水風呂に入り外気浴に浸ると、頭の中がじんと痺れてクリアになった気がする。

「てか、イッチーさあ」柳瀬が、タオルを腰の辺りに置いただけの僕の体をじろじろと眺める。

「なんかまた更にいい体になってない？」

「そう？　まあ、ジム頑張ってるからな」

右腕を九十度に曲げ力を込め、腕の筋肉を見せつける。「そんなもん見せてくんな」と柳瀬が渋い顔をする。

「柳瀬こそ、ジム通った方がいいんじゃないの」

柳瀬の腹をふざけて叩くと、ぽよぽよと揺れる。入社当時は痩せていたのに、どんどんと肥え始め、今では立派な小太り体型だ。たまに顎が二重になっているときもある。

「うっせー。一応半年くらい前に入会してんだよ」

「おっ、まじか。偉いじゃん」

「まあ、最近はほとんど行ってないんだけどな」

「なんだよ、もったいない。ちゃんと行けよ」

「あの空間苦手なんだよ。周りのマッチョたちにさ、あいつジム通ってるくせにあんなにデブなのかよ、って思われてそうでやなんだよな」

「最初は体形甘いのは仕方ないだろ。それに、お前が思うほど周りは気にしてないって」

「まあ分かるよ、意外と周りって自分のこと見てないよな。でもな、時々意外と、周りって自分のこと見てたりするんだよ」

なんだか小難しいことを言うと、はぁと柳瀬が深い溜息をついた。

「こんなこと思うのも、男としての妙なプライドがあるからなんだろうな。馬鹿にされたくないとか、下に見られたくないとか思って、劣等感を抱きたくないから、結局逃げちゃうんだよ。俺、運動とかも全くできなくて、何度もそういう思いしてきたからさ。そういうときは、男に生まれてきたくなかったってなるんだよな」

「どういうこと？　女に生まれたかったのか？」

「違う違う、そういうわけじゃねーよ。女になりたいわけじゃないけど、男でいたくない。そんな感じになるとき、ない？」

柳瀬は時々難解な言い回しをする。僕は腕を組んで考える。男は嫌だ、でも女がいいわけでもない。そんなこと思ったときがあっただろうか。僕は結構男である自分は好きだ。体を動かすのは楽しいし、女の子だって大好きだ。サウナも、男性専用のところがいっぱいあって、そういうときはむしろ女の人は気の毒だなと思う。

そんなことをつらつらと考えていると、「もういい、もういい」と柳瀬が手をひらひらと振った。

「お前に聞いた俺が馬鹿でした。イッチーがそんなこと考えるわけがないわな」

「なんだよ、失礼だなー」

もしかしたら、自分が男であることを苦にしたことがないのは、父のお陰かもしれない。父が男らしくあれと言い続けてきてくれたことで、男であることに自信を持つようになれたのかもしれないとふと思った。

「まあいいや、もう一セット行こうぜ」柳瀬が腰を浮かす。

「ん。行く行く」

僕たちは立ち上がり座っていた椅子をざっと水で流すと、もう一度サウナ室へと入っていく。それから七分ほどサウナで蒸され、水風呂で体を冷やし、外の風に当たりながら椅子に座りリラックスする。しっかりと整った後、頭と体を洗い、浴室を出て更衣室へ向かった。

裸のままタオルで髪を拭いていると、清掃のおばちゃんがやってきた。「失礼しまあす」と言いながら、僕の横にある棚の中のタオルを補充する。洗面台周りの綿棒や剃刀のチェックを済ますと、更衣室を出て行く。

「俺、ああいうのも嫌なんだよな」

柳瀬が苦い顔をしながらトランクスを穿く。脇腹の肉がむっちりと押し上げられている。

「ああいうのって?」

「男湯におばちゃんが平気で入ってくる文化。あれが男女逆だったら大問題だぞ」

「そりゃあそうだろ。女湯におじさんが入ってきたら痴漢だよ」

「それが逆だったらなんで痴漢じゃないいんだよ、って話だよ。男の裸は別に見られてもいいいってのか？」

「うーん、でもそれは仕方ないいんじゃないか？　男はほら、どうしたって女の人の裸にむらむらしたりするわけだし」

「それは女だって同じかもしれないだろうが。さっきのおばちゃん、お前の股間ちらちら見てたぞ」

「そんなわけないだろ、やめろよ」

柳瀬の冗談に笑いながら、僕もボクサーパンツを穿いた。

服を着込んでサウナを出る。せっかく汗を流したばかりだというのに、外は熱気と湿気が漂っていて、飲み屋へ向かうまでの間でまたじっとりと汗をかき始めていた。柳瀬もあちいあちいと言いながら、額や首筋の汗をハンカチでひたすら拭いている。

「あのー、すみません」

唐突に声をかけられ、振り向く。お洒落な格好をした若い女の子二人が僕を見上げていた。

「ちょっと道に迷っちゃって……駅ってどっち方向か分かりますか？」

「ああ、駅ですか」

僕は手振りを加えながら駅への道を説明する。彼女たちは理解してくれたようで、「ありがとうございました！」とそれぞれぺこりと頭を下げた。

それじゃあ、と踵を返そうとすると、背の低い方が僕の方をじっと見ながら、「お兄さんって、誰かに似てますよね」と言ってくる。

「あ、分かる！　あの人でしょ」と背の高い方が人気の若手俳優の名前を挙げると、「そうそう！　その人！」と二人ではしゃぎ始める。どんなリアクションを取っていいか分からず、作り笑いを浮かべてその様子を眺める。

「お兄さんたち、お時間ありますか？　良かったら私たちと一緒に飲みません？」

背の低い方が僕らに尋ねてくる。あー、と僕は耳の裏をぽりぽりと掻いた。

「ごめんなさい。今から二人だけで飲みに行くつもりだったので。一応お店も予約してて」

そう答えると、えーそっかー残念、と二人は口々に言い、それじゃあと去って行った。僕も会釈を返し、飲み屋への道を再び歩き始める。

「あの二人、結構可愛かったな」

ぽつりと柳瀬が言った。隣を見ると、不満げに唇を突き出している。

「え！　もしかして、一緒に飲みたかった？」

「別にそういうわけじゃないけどさあ」

「悪い、せっかく久々に二人で飲めるしと思って……」

「いいんだって！　どうせあの子たち、お前のことしか見てなかっただろ」

「え、そうか？　一緒に飲もうって言ってたじゃんか」

「そんなの口実だってての！　二人ともお前目当てだよ」

いった。


「うるせえな！　そうなの！」

柳瀬がふざけて僕にどんと体当たりしてくる。「何すんだよー」と負けじと僕も体当たりし返す。そうやって横並びで体をぶつけ合いながら、僕たちはげらげらと笑って飲み屋へと向かっていった。


地下鉄を使って帰る柳瀬と別れ、僕はＪＲの駅へと向かう。何の気なしに空を見上げると、高く並んだビルの隙間から、月が出ているのが見えた。立つ位置をずらして、全体が見えるようにする。まんまるで大きな満月が、真っ黒な空の中に浮かんでいた。

僕はスマホを取り出し、写真を撮る。千凪とのラインを開く。【おしり】というメッセージが入っていた。仕事が終わった、の意だ。お仕事終わり、を簡略化していった結果「おしり」という言葉になり、僕らは仕事が終わるとそう送り合うのが習慣化していた。

お疲れ様、を簡略化した【つー】の二文字を打ち、続けて月の写真とメッセージを送ろうとしたとき、千凪からメッセージが来た。

【今日、月やばくない？】

続けて、月の写真が送られてくる。僕のよりもはっきり大きく映った満月だった。僕は思わずにやけそうになる口元を手で隠しながら、返事をする。

【すごい、かぶった、俺も今ちょうど送ろうとしてた！】

【え、ほんと？　すごい！】

僕はそのまま千凪のアイコンをタップすると、通話ボタンを押して耳に当てた。コール音はすぐにやみ、千凪の声が聞こえてくる。

「どうしたの？　電話なんて珍しいね」

「うん。なんか、急に声聞きたくなって」

何それ、と千凪が笑う。妙だと思われているんだろう。僕は元々電話が得意ではなくて、緊急時や用件があるときにしかしない。

「飲みの帰り？　柳瀬くんだっけ？」

「うん、そう。さっき解散して駅に向かってるところ。千凪は？　何してたの？」

「私はね、ペディキュア塗ってた」

「ペディキュア？　って何だっけ？」

「足に塗るマニキュア。夏はさ、サンダル履く機会が多いから」

「そっか。楽しみにしてる」

「ん。ありがと」

ゆっくりと歩く僕の脇を、人々が忙しなく通り過ぎていく。酔いのせいか、熱帯夜のせいか、妙な高揚感に包まれて頭がふわふわしている。やがて駅に着き、僕は改札の横の柱にもたれかかる。

「実はさ、千凪にお願いがあって」

「えっ、なになに、怖い怖い」

「大丈夫、怖くないって。……あのさ、よかったら、来月俺の実家に一緒に来てくれないかな」

沈黙。電話の向こうで息を呑む気配がした。僕の中に残っていた酔いが、一気に醒める。しまった、性急すぎたか。どう答えていいか、迷う千凪の姿が容易に想像できてしまう。

「ごめんごめん、急すぎたよね」

僕は慌てて謝る。頭の中で伝えるべき言葉を整理して、ゆっくりと息を吐いた。

「あんまり重く受け止めないでほしいんだ。そんなに特別な意味はなくて。前からさ、家族から彼女の顔を見たいってしょっちゅう言われてたんだ。多分、俺が千凪の話ばっかするからだと思うんだけど。だからさ、一度でもいいから、顔を見せてあげたいなって思って」

千凪は沈黙したままだ。失敗したな、どうしよう、と首筋を掻きむしっていると、「いいよ」と小さな声が返ってきた。

「えっ？　何て？」

「いいよ。私も、番ちゃんの親御さん、会ってみたいし」

ほっと胸を撫で下ろす。柱に預けていた背を正し、スマホを持つ手を入れ替える。

「よかった。でも、無理させてない？」

「ううん、大丈夫。番ちゃんにも、私のお母さんに会ってもらってるわけだしね」

以前、実家住まいの千凪を家まで送っていったとき、たまたま千凪の母親と鉢合わせたことがある。数分立ち話をしただけだったが、ものすごく緊張してしまった。

「ごめんね、ありがとう。じゃあ家族には、来月千凪も連れてくって伝えておく」

「うん。よろしくね」

おやすみ、と言い合って、電話を切る。深く息を吐いて、空を見上げる。月は駅やビルに遮られて、切り取られた闇しか見えない。

千凪は今から緊張しているだろうか。そう考えると少し申し訳なかったが、でも千凪を、自分の大好きな人を家族に紹介できることに喜びを感じているのも事実だった。

番ちゃん、と僕を呼ぶ千凪の声が耳の奥に蘇る。僕はその呼び方が好きだった。

一番、という父の願いと期待が込められた名は、嬉しくもあったが重圧でもあった。何事にも一番になれるように。でも、全てのことで一番になるなんて、無理だ。

だから千凪に番ちゃんと呼ばれると安心できた。自分は何番でもいいのだと、許してもらえている気がした。


その日は灰色の雲が空をぶ厚く覆っていて、暑さはいつもより和らいでいた。電車の冷房もきちんと効いていて、寒いくらいだ。けれどさっきから、耳の後ろ辺りから冷えた汗が垂れ続けている。緊張から来るものだと自分でも分かっていた。指の腹で拭うと、隣に座る千凪がくすりと笑った。

「緊張してるね」

湿った指をズボンで拭いながら「分かる？」とぎこちなく笑みを返す。

「だって口数少ないもん、さっきから。しかも、家に近付くにつれてどんどん喋んなくなってくから、すっごい分かりやすい」

「千凪には隠しごとできないなあ」

冗談めかしてみるが、やはり頬は固まったままだ。きっと千凪の方が緊張しているに違いないのに。もし、自分が千凪の実家に行くことになったら、と考えてみる。確か母親と二人で暮らしていて、妹が一人いると聞いた。一体どんな会話が繰り広げられるのだろうかと想像してみる。

僕は千凪の母親に頭を下げる。お嬢さんとお付き合いさせていただいてます、道沢一番と申します。千凪の母親が訊いてくる。うちの娘を選んだ理由はなんですか。あなたが娘と付き合うことで娘は幸せになれますか。これじゃあ、まるで就活だ。うちの会社を選んだ理由はなんですか。あなたがうちの会社に入ることでメリットはありますか。

そもそも、娘が彼氏を連れてきて喜ぶ親はあまりいないだろう。僕はお宅の娘さんとセックスしています。そう宣言しにいくようなものじゃないか。

「でも、分かるよ。私ももし、番ちゃんを自分の実家に連れてくことになったら、絶対緊張するもん」

千凪も同じ想像を巡らせていたのか。なんだか嬉しくなって、頬が少し緩む。

「やっぱそう？」

「うん。番ちゃんほどじゃないとは思うけどね。自分の家族を見られるってことは、自分の内臓を見せるみたいなものだから」

内臓。少しグロテスクな響きの単語を、僕は呟き返す。

「お母さんがいて、妹がいて、もう今はいないけど、お父さんがいて。その家族の中で、私は形作られてきたってことでしょ。それって、内臓みたいなものだなって」

「なるほど。ちょっと変わった考えだけど、なんか納得」

僕という人間の中に、父や母や兄が、内臓のように存在している。そう思うとぞっとするが、でもきっとそれは間違いではない。家族だけではない、今まで出会ってきた人や環境が、あらゆる臓器になって、僕を生かし、育んできたのだろう。

「うちの家族は、正直言うと、そんなに胸張って紹介できるような感じじゃないんだけど。でも、それでも私の内臓だから。だから、番ちゃんにいつか解剖してもらわなきゃ」

「解剖かあ」まるで医者が手術をするように、右手を何か摑む形にするとそのまま虚空を裂いた。

「メスでしゅっと、ってやつか」

「そう、メスでしゅっと。それで、私のことを番ちゃんにもっと知ってほしいって思ってる。きちんと伝えなきゃって思ってる。その中身が、どんなにえぐいとかグロいとかって思われてもいいから、全部」

もっと知ってほしい。その言葉を頭の中で反芻する。付き合って二年経って、相手のことをそれなりに知ったつもりではいた。でも僕の知らない千凪が二十七年分存在している。いくら言葉や写真を積み重ねて教えてもらったって、それはただのデータに過ぎず、二人の思い出にはならない。二十七年分の千凪を、いつか知ることになるのかもしれないと思うと、確かにそれはちょっとえぐいな、と思った。

「そっか。じゃあ、千凪にも俺の内臓をきちんと見せないとな」

「そうだよ。じっくり観察するからね、覚悟してね」

「うわー。頑張ります」

　そんなことを話しているうちに、耳の後ろから垂れていた汗はすっかり乾いていた。最寄りの駅まで、あと二駅だ。

「ちなみにさ。千凪の内臓の一部に、俺はいてくれてますか？」

「もちろん。小腸あたりかな」

「小腸かぁ」

　そう言って笑い合う。

　僕にとっての千凪は一体何なんだろうと考えてみて、すぐにその答えは出てくる。心臓。

　僕の中を時折駆け巡る、憂鬱(ゆううつ)や鬱憤という名のどろどろと濁った血液を、清らかに循環させてくれる。千凪が微笑むたび、千凪が僕の名を呼ぶたび、千凪を抱くたび、僕の胸は高鳴り鼓動を活発にさせる。そして、僕を生かし続けてくれている。

　僕にとって、千凪は心臓だ。

　実家のチャイムを鳴らす。

　インターホンから、「はい」と余所行きの母の声が聞こえてくる。硬さを帯びたその声色に、僕の背もぴんと伸びる。そうか、緊張しているのは僕らだけではないのだとようやく気付く。

「一番だけど」

声が裏返らないよう、ゆっくりと答える。何も言わずにインターホンが切れる音がして、僕は思わずふうと息を吐いた。後ろに立つ千凪の顔が見られない。きっと彼女も、強張った表情をしているのだろう。

がちゃりとドアが開いた。母が顔を出す。その小綺麗さに少し驚く。髪は濃いブラウンに染められ、白髪の跡はない。服もいつものような着古したものではなく、モスグリーンのワンピースだ。普段貴金属なんてつけないのに、首には金のネックレスが揺れている。場違いなくらい気合の入った格好に僕は気恥ずかしくなる。千凪ですら、薄手のブラウスにスカートというカジュアルな装いなのに。

「おかえりなさい」

「ただいま。あの、えっと」

僕が何と紹介しようか躊躇していると、後ろにいた千凪が僕の隣に立ち、深々と頭を下げた。

「初めまして。一番さんとお付き合いさせていただいている、神崎千凪と申します。この度はすみません、いきなりお邪魔することになってしまって」

堂々とした、涼やかな声が玄関先に響く。それでいて堅苦しさのない柔らかな口調で、母がほっと安堵の表情を浮かべたのが分かった。それを見て僕も背中の線が緩む。

「一番の母です。こちらこそごめんなさい、わざわざ遠くから。暑かったでしょう、入って」

「お邪魔します」

千凪が母と僕の後をついて、家の中に入る。いつもはばらばらに脱ぎ捨てる靴を、きちんとこちらへ向け揃え直している。

実家はいつも通り整然と片付けられている。玄関先の靴箱の上には見たこともないアロマが置いてあって、漂う甘ったるい匂いに慣れないまま、廊下を歩く。

母がドアを開ける。ダイニングテーブルの席に兄が、リビングのソファに父が座っている。

「ただいま」

僕の声に、父がテレビから目を離し、こちらを見た。兄も振り向く。僕は深く息を吸う。

父が、ゆっくりと立ち上がった。耳の後ろにまた、汗がじっとりと滲(にじ)む。父は普段通りの格好だ。青のポロシャツ、ベージュのチノパン。眼鏡の奥の目が柔和に細められ、父がにっこりと笑った。

「初めまして。神崎千凪といいます」

千凪がまた、深々と頭を下げる。

「一番の父です。どうぞよろしく」

父も頭を下げる。静かで穏やかな声。

「兄の勝利です。よろしくお願いします」

兄も立ち上がって会釈を返す。今日は仕事はなかったようで、それでもいつものような部屋着ではなく、黒い半袖シャツにジーパン姿だ。

「あの、これ良かったら。お口に合えばいいんですけど」

行きがけにデパートで買ってきたお菓子を、千凪が袋のまま渡す。「あら、ありがとう！」と母が無理が滲んだはしゃいだ声を出す。

「夕ご飯もそろそろできるから、もうちょっと待っててね」

「私、何かお手伝いしましょうか？」

「いいのよ、座って待っててね。ちょっと簡易的な椅子で申し訳ないんだけど」

そう言って指したテーブルには、いつもの四脚の椅子の他に、黒のデスクチェアが置いてある。僕が自室で使っていたものだ。二つずつ向かい合った椅子の間の辺、つまり所謂お誕生日席のような形で置かれている。父も兄も、いつもの自分の席に着いている。

「え、待って。ここに千凪座らせるの？」

客人をこんな取ってつけたような椅子に座らせるつもりなのだろうか。しかもこのままでは、父と兄の間に千凪が挟まれるという、妙な構図になってしまう。

「ごめんなさい。駄目だったかしら」

母が台所から困った顔を覗かせる。駄目とかじゃなくてさ、とどうしてこの違和感が伝わらないのかともどかしくなる。

「あ、じゃあ、僕がそっちに」

腰を浮かせかけた兄を、「勝利」と父が鋭い声で制する。

「すみませんね。椅子が足りなくて」

　父が客人用の笑みで謝るも、決してその腰を浮かそうとはしない。

「こんなところに座らせるなんて変じゃない？　俺がこの椅子座るから、隣に千凪を座らせてあげて」

「我儘言うな、一番。座る場所が決まってるんだから仕方ないだろう」

唖然とする。どこの椅子に誰が座るかなんてことが、そんなに大事だろうか。父がこんなに融通が利かない人だとは。

　この席順にはきっと父なりの理由があるのだろう。家庭内の力関係。役割。崩してしまえば、家族のバランスが崩れると本気で思っているのかもしれない。でも、そんなこと客人の千凪には関係のない話だ。言い返そうとすると、千凪が袖を引っ張ってきた。

「一番くん。私、ここでいいから。大丈夫だよ」

　でも、と言いかけて、口を噤む。確かにここで険悪な雰囲気になってしまっては、千凪が居た堪れなくなってしまうだけだ。「ごめん」と謝って、千凪にその椅子に座ってもらう。

　流れる気まずさにどうなるかと思ったが、食事は思ったよりも和やかに進んだ。家族の質問に千凪が朗らかに答え、時折冗談を言って場を沸かせる。千凪の社交性には何度も救われてきたが、今日ほどそれをありがたく思ったことはなかった。

「一番くんはよくご家族の話されるんで、一度お会いしてみたかったんですよ」

　千凪の言葉に、母が「あら」と頬に手を当てる。「そうなんだ」と兄がちらりと僕を見た。

「そんなに話してたっけ？」

「話してたよー。お母さんは料理が上手で、お兄さんは昔から優しくて、って。あと、お父さんのことは尊敬してるって」

「ほう。尊敬か」

父が意外そうに目を開いて、僕を見た。急に居た堪れなくなってくる。

「はい。厳しいけどいろんなことを自分に教えてくれて、それがなかったら今の自分はないって」

「ほお。そんなこと初耳だけどな」

「あー、もう、もうよくない？　この話は終わり！」

恥ずかしくなった僕が大きく手を振って、食卓は笑いに包まれた。

いつも客人が来るときに母が作る、手作りピザやトマトのマリネを平らげると、「デザートにしましょうか」と母が立ち上がる。

「ケーキ買ってきたのよ。せっかく千凪さんにもお菓子持ってきていただいたんだけど」

「あ、お渡ししたのは日持ちするんで大丈夫ですよ。ケーキ、ありがとうございます」

「ごめんなさいね。千凪さんは紅茶とコーヒー、どっちがいい？」

「私はみなさんと同じもので。あ、手伝いますよ」

「いいの、いいの。今日は座ってゆっくりしてて」

千凪と母のやり取りを、僕はぼんやりと眺める。自分の恋人がありふれた気の遣い方をし、自分の親がありふれた断り方をする。そんな光景を見ることになる日が来るとは思いもしなかった。

「失礼ですけど、千凪さんは」その様子を同じように見ていた父が、千凪に向き直って尋ねる。

「おいくつでしたっけ？」

「私ですか？　二十九です」

そうですか、と父が目を細める。

「それじゃあ一番とは、結婚を前提にお付き合いしているという認識でよろしいですか？」

唐突な発言に、場が凍った。

今までどんな言葉に対しても笑っていなしていた千凪も、表情を失い何も返せないでいた。

「何だよ父さん、急に」

引き攣った笑みが勝手に口元に浮かぶ。

「急ってこともないだろ。お互いもういい歳なんだし、それくらい視野に入れた付き合いをしないでどうする」

父は表情一つ変えず僕をじっと見つめている。千凪は何と答えていいか分からないのか、視線を泳がせていた。母は何も聞こえなかったふりをして、紅茶の支度をしている。父がまさか今日この場で、結婚という言葉を口にするとは思わなかった。

どう答えたらいいんだろう。考えた末、意を決して、僕は口を開く。

「俺は、考えてるよ。結婚したいって思ってる」

千凪が目を瞠って僕を見た。父が満足そうに頷く。

「そうか。一番がそう思っているならよかった」

父の上機嫌な声色に、僕はほっと胸を撫で下ろす。

「お待たせしました」母が見計らったように、ケーキと紅茶を運んでくる。「千凪さん、好きなのを選んでちょうだいね」

「わあ、どれも美味しそう」

ようやく表情を和らげた千凪が、テーブルに並べられたケーキを見て弾んだ声を出す。

「私どれも美味しく食べられる自信ありますから、みなさんお先に選んでいただいていいですよ?」

「いいのよ、気にしないで。お好きなのをどうぞ」

「うーん。すっごく迷いますけど、じゃあ、これで!」

そう言って千凪が手に取ったのは、ショートケーキだった。

絶対にそれを選ぶ父のために、母が買ってきたものに違いなかった。ぴりっと、空気が張り詰めた気がした。ちらりと父を見ると、「どうぞどうぞ」と笑顔で勧めている。千凪は無邪気にそれを自分の方へと寄せる。

父は笑みを浮かべて見届けると、フルーツタルトを手に取った。誰も選ぶことのないそのケーキは、母が余分に買ってきたものだろう。その後はいつもの通り兄、僕、母の順番でケーキを選んでいった。

「ねえ、千凪さん」千凪がケーキを食べ終わる頃を見計らったように、母が話しかける。「奥の部屋に一番のアルバムあるんだけど、見る?」

「え、いいんですか！　見たいです！」

「ちょっと！　そんなの見せなくていいよ！」

僕の抵抗虚しく、二人はきゃっきゃとはしゃぎながら奥の部屋へと消えていった。二人の配慮や気遣いがあってこそなのだろうが、とりあえずはいがみ合うほど馬が合わない、というわけでもなさそうで、ほっと胸を撫で下ろす。

男三人だけ残された食卓が、しんと静まり返る。なんとなくばつが悪くて、ぬるくなった紅茶を胃に流し込むと、僕は口を開く。

「千凪、どうだった？　いい子だろ」

父と兄を交互に見遣る。兄が片方の口角を上げた。

「そうだね。イチとお似合いだと思うよ」

「ほんと？　ありがとう。父さんは、どう思った？」

どきどきしながら尋ねる。父はきっと、僕に遠慮することなく評価を下すだろう。厳しい言葉が飛んでくることを覚悟しながら耳を傾ける。

「そうだな。気が利くし、いい子だな」

眼鏡を人差し指と中指で押し上げ、千凪たちが去っていった部屋の方に首を動かす。

「結婚するつもりなんだろう？」

またその単語が唐突に現れ、一瞬僕は答えに窮する。けれどすぐに「うん」と頷く。

「なら、いいんじゃないか」

それだけ言うと父は、半分ほど紅茶の残ったカップを持ち上げ、軽く口をつけるとソーサーに再び下ろす。

僕はほっとする。どうやら父も千凪のことを気に入ってくれたようだ。

自分の恋人に対する父の評価を気にするなんて、我ながら情けないと思う。それでもやはり、家族には心から祝福してほしい。

祝福。ふと浮かんできたその単語が、僕の中にゆっくりと落ちていく。そしてようやく理解する。

僕は、千凪と結婚したいと思っている。


本当は夕飯を食べたらさっさと帰るつもりだったのだが、結局午後九時過ぎまで滞在することになってしまった。千凪に申し訳ないと思いつつ、家を後にする。母は頻りに「また遊びに来てね」と千凪に笑いかけていた。

駅へと道を辿りながら、「今日は本当にお疲れ様」と千凪に声をかける。

「ううん。番ちゃんこそ、お疲れ様」

「うちの家族、大丈夫だった？　ちょっと変わった家族だからさ」

「全然！　話しやすいし優しいし、いいご家族じゃない」

「そう？　ならよかった」

家族の話をしているうち、駅に着く。改札を通りホームへと向かう。電光掲示板を見ると、次の電車の到着は二分後。僕らはホームの端に立ち、電車を待つ。立ち並んだ広告の看板の奥に、街の明かりが燦然と輝いている。今日は比較的涼しい。時折吹いてくる風が気持ちよかった。

「でもね」千凪がぽつりと言った。「お父さんにはちょっとびっくりしたかも」

それだけで、千凪の言葉が何のことを指しているのかすぐに察した。結婚を前提に付き合っているのかと、そう問われたときのことを言っているのだろう。

「あー、そうだよね。俺もびっくりした。ほんとごめん」

「ううん、驚いただけ」

ふと笑顔が消えて、ブラウスの襟元を指でいじり出す。視線は薄くピンクに塗られた爪に落ちている。

「その後の、番ちゃんの答えにも驚いたけど」

「あ、あー。あれ、あれね。うん、そりゃそうだよな」

当然、驚いたに違いない。僕らの間に、結婚という言葉は今まで一度も出てきたことはなかった。千凪にとっては寝耳に水だっただろう。

でももし、一生を添い遂げる相手がいるとしたら。それは絶対千凪以外はありえない。結婚をして、子供を作って、家庭を築く。そんな光景の中で、隣で笑っていてくれるのは、千凪でなければ嫌だ。

「ち、千凪」

自分のものとは思えない声が出た。緊張していた。口を開くと、喉の奥から自分の心臓の音が漏れ出してしまいそうだった。まもなく電車が参ります、というホームのアナウンスが、やたらと遠くから聞こえてくる。

「あんな形になっちゃったけど。ちゃんと、じ、事実だから。ちゃんと俺は本当に、思ってるから」

どうしても何故か言い訳がましくなってしまう。千凪も呆れてしまったのか、困ったような笑みを浮かべている。駄目だ、きちんと伝えなければと自らを奮い立たせ、大きく息を吸う。

「だから、千凪。よかったら俺と、結婚してください」

千凪が笑みを崩さぬまま、両目をゆらりと泳がせた。襟をいじっていた指先はそのままぎゅっと服を握っている。思ってもみなかった反応に、僕は戸惑う。もっと、喜んでくれると思ったのに。

流れる沈黙に僕は冷や汗をかく。ようやく千凪が口を開いて、呟くように何かを言った。しかしそれは、ちょうどやってきた電車の音にかき消されてしまう。

「えっ？　ご、ごめん。聞こえなかった」

僕の言葉に、千凪がようやく視線をこちらに向けてくれた。そこにはいつも通りの千凪の笑顔が広がっていた。

「こちらこそ、よろしくお願いします」

それだけ言うと、髪をふわりと翻して、口を開いた電車に乗り込んでいく。僕はその後ろ姿を呆然と見つめていたが、発車のベルが鳴り、慌てて電車に乗る。既にシートの端に腰掛けていた千凪の隣に座り、彼女の横顔を覗き込む。

「ほ、ほんとに？　ほんとにいいの？」

つい声が上ずってしまった。千凪が苦笑しながら、人差し指を立てて唇に当てる。僕は慌てて自分の口を押さえる。

「うん。もちろん」

千凪が小さく答える。胸の奥から、じわっと熱いものが広がってくる。鼻の奥がつんとなって、視界が淡く滲んだ。

「ありがとう。本当に、ありがとう」

嬉しかった。こんなに嬉しいのは、千凪に告白を受け入れてもらえて以来かもしれない。頰が緩んで口角がだらしなくなるのを手のひらで隠す。ここが電車でなければ、今すぐに抱き締めて、好きだと叫びたい気持ちだった。このときの僕は、自分でもはっきり分かるくらい、浮かれて舞い上がっていた。

だから、千凪の笑みを浮かべた横顔に、翳（かげ）りがあることにちっとも気付くことができなかった。

雀躍（じゃくやく）した気分のまま、僕の家に着く。今日は土曜日。我が家に泊まり、日曜はゆっくり家で過ごす予定だ。

垂れそうになる髪を左手で押さえながらパンプスを脱ぐ千凪に、僕は思わずむらっとする。家に上がった千凪を、僕はそのままぎゅっと抱き締めた。腕の中で千凪が体を強張らせたのが分かった。

「ちょ、ちょっと」胸の辺りからくぐもった声が聞こえてくる。「番ちゃん、手、洗わなきゃ」

「いいじゃん、今日くらい。ね」

「だ、駄目だよ。汗だってかいてるし、せめて、シャワー浴びよう？」

「大丈夫、気にしないから」

「番ちゃんが気にしなくても、私が気にするんだってば」

「ねえ、千凪。千凪」

僕は千凪の名を呼びながら、更に強く抱き締める。僕の胸を押し返すようにしていた千凪の手が、少し緩んだ。

「本当に今日は嬉しかった。ありがとう。急なプロポーズになっちゃって、ごめんね。ちゃんと指輪も買う。そのときにもう一回ちゃんと言うよ。でも、本当に、すごく嬉しい。ありがとう。千凪、本当に、ありがとう」

腕の中で、千凪の力が抜けていくのが分かる。だらんと垂れ下がった腕が、ゆっくりと僕の背に向かう。

「私も、嬉しい。ありがとう」

恐る恐る、といった具合で、千凪の手に力が籠る。幸福だ。これが幸福なのだと、僕は噛み締めていた。

幸福というのは、爆発みたいなものだと思っていた。胸中から多幸感が溢れ出て、弾けて、暴れて踊り出したいようなものなのだと。

でも実際は違っていた。寒空の下で風呂に浸かったときのように、それは爪先からゆっくりと這い上がってきて、両腕で抱き締めてやらないと、どこかへ消えてなくなってしまいそうな儚さがあった。

絶対離さない、と思った。離してやるもんか、と。これは僕がようやく手に入れた、僕だけの幸福なのだ。

僕は腕をほどき、千凪の手を握り、寝室へと向かう。千凪はもう抵抗をせず、そのままゆっくりとついてくる。

千凪をベッドに腰掛けさせ、その横に僕も座る。千凪の丸い両肩に手を置いて、そのままゆっくりと唇を近付けた。柔らかな感触。そのまま舌を差し込むと、固く閉じていた口が開く。

長い時間キスをして、僕は千凪をベッドにそっと押し倒す。不安げな表情の千凪と目が合った。大丈夫だよと言う代わりに、もう一度キスをして、舌先で首筋をなぞる。ブラウスのボタンを外すと、薄いピンクのブラジャーが露わになる。そのまま鎖骨、胸元に舌を下ろしていく。

頭の上から、千凪の押し殺すような声が漏れてくる。いつもは声を上げたりしない千凪が、感じている。僕は興奮して首筋を甘嚙みする。ブラを脱がそうと、千凪の背に手を回し、彼女の顔を見る。僕はぎょっとした。

千凪は泣いていた。声を殺し、しゃくりあげ、両目から涙をぽろぽろと流していた。僕は慌てて千凪の体から飛びのく。

「どうしたの。何で泣いてるの」

尋ねるが、千凪はただ首を振るだけだ。指で目尻を拭ってはいるが、涙は耳の先から垂れシーツを濡らしてしまっている。

「ご、ごめん。俺のせいか。お風呂入らないで、しようとしたから……ごめん、本当ごめん。お風呂、お風呂入ろう」

「ち、違う。違うの」

千凪がしゃくりあげながら、たどたどしく答える。半身を上げ、僕の背中側にあるサイドテーブルに手を伸ばした。ティッシュを取りたいのだと気付き、箱ごとそれを渡す。数枚取ると、目元をぎゅっと押さえた。僕は何もできぬまま、見守ることしかできなかった。

やがてようやく涙が治まったのか、俯いていた千凪が顔を上げた。目に当てていたティッシュを取り、洟をかむ。「大丈夫？」と訊くと、こくこくと二度頷く。

「ごめん、千凪。千凪が、そんなに嫌がってるなんて、思いもしなくて……」

「違う、違うの。私こそ、ごめんね」

丸めたティッシュをベッドの上に置く。乾いた涙の跡を拭うように、頬を何度もこすっている。

「なんか、感極まっちゃって、つい。本当にそれだけだから、大丈夫」

その響きはどこか言い訳めいていて、僕は不安が隠せなかった。感極まったとか、僕との行為が嫌だったとか、そんなことではなくて、もっと何か別の大きな理由で、涙を流したとしか思えなかった。

それでも千凪はどうにかいつもの笑みを浮かべていて、僕はそれ以上何も言えなかった。深く尋ねたら奥底で眠っている何かが、僕に咬みついてきそうで怖かった。

結局その日は何もせず、風呂も入らず着替えもせぬまま、僕らは寝た。千凪はすぐに寝息を立て始め、僕はその寝顔を暗闇の中じっと見つめていた。布団の中で手を握ると、氷のように冷えた千凪の指の感触が、僕の手のひらを刺した。

翌朝、日曜日。微かに聞こえる水音に目を覚ます。スマホを見ると、まもなく正午になろうとしていた。ずいぶんと寝てしまったようだ。軋んで痛む腰をかばいながら、ベッドを抜け出す。洗面台では、千凪が顔を洗っていた。覗き込んでいる僕の姿に気付くと、水滴をタオルで拭きながらこちらを向いた。

「番ちゃん。おはよ」

「ん。おはよう」

「さすがに日曜とはいえ寝過ぎちゃったね」

そう言いながら化粧水を顔につける千凪の様子は、いつもと何ら変わりがない。僕はほっと胸を撫で下ろし、遅い朝の支度を始める。

洗顔や歯磨きを終えると、朝食兼昼食の準備をする。千凪がベーコンや卵を焼いている間に、僕はパンをオーブンレンジに放り込む。それが焼き上がりバターを塗る間に、千凪がベーコンを皿に盛りつける。千凪がフライパンを洗っている間に、僕が箸や醤油をテーブルへと運んでいく。いつもと変わらない、何一つ変わらない休日の朝の風景だ。

食事の準備が整うと、僕と千凪はそれぞれの位置に座る。テレビを点ける。昼過ぎのニュースをやっていた。軽い感じのテンションで、一週間を振り返っている。賑やかな出演者たちの様子を流し見しながら、僕らは食事を始める。

「今日さ、スーパーだけ行きたいんだけどいい？」

　僕が尋ねると、黄身を割らないよう慎重に卵を箸でつついていた千凪が答える。

「いいよ。冷凍しておいた野菜とか、もうほとんどないしね」

「そうそう、そうなんだよ。あと柔軟剤がなくなりそうだから、買いたいんだよね」

「分かった。じゃあ、掃除してから行こうか」

「そうだね、ありがとう。あとさあ、出かけるときに風呂場の防カビの煙やってけって言ってくれない？」

「番ちゃん、ずっとそれ忘れてるもんね。もう三ヶ月くらい前から言ってる」

「そうなんだよ。出かけるときにやろうって思ってるんだけど、いっつも忘れちゃうんだよね」

「そういうときはね、玄関先に防カビのやつ置いておけばいいよ。そうすれば否が応でも思い出すもん。私もしょっちゅう忘れてたから、それやるようにしたの。でもさ、結局忘れるときは忘れちゃうんだよね。郵便物をさ、ポストに入れてかなきゃいけなくて、玄関先に置いといて、出るときにバッグに入れるの。でもそれを投函し忘れて、うわぁやっちゃったってなるわけ。夜は絶対に投函して帰ろう、忘れないようにしよう、って思うんだけど、それも、結局……」

　今まで饒舌に話していた千凪が、急に言葉を止めた。怪訝に思った僕は皿から視線を上げる。口元に浮かべていた笑みが、ゆっくりと消えていく。口角は下がり、瞳が昏くなり、表情が失われていく。その妙な様子に、僕は問いかけようとする。どうしたの、千凪。けれどその言葉は千凪によって遮られた。

「あのね、番ちゃん」

いつの間にか箸を握っていた手は膝の上に置かれ、視線は僕に向けられている。

「番ちゃんに謝らないといけないことがあるの」

張り詰めたその瞳に言葉が詰まる。一体、千凪は何を言おうとしているんだ。テレビでは、司会者が何が楽しいのか馬鹿笑いをしている。

「私、やっぱり番ちゃんと結婚できない」

後頭部を、思い切り殴られたような衝撃だった。なんで、なぜ、どうして。だって昨日は求婚を受け入れてくれたじゃないか。嬉しいって、確かに言ってくれたじゃないか。そう問い詰めたくても、出てきたのは「どうして」という掠れた声だけだった。

「ごめん、本当にごめん。番ちゃんが、もし、結婚をして、家庭を作りたいって言うんなら。その相手は、私じゃない方がいいと思う」

千凪の言っていることがさっぱり分からない。その言い方だと、まるで。千凪は、僕のことを。

テレビの音がさっきからうるさい。千凪が視線をテーブルに垂らして、ぎゅっと唇を嚙んだ。そしてまた、僕の方を見つめる。

「私、番ちゃんのこと、好きだよ。でも、愛してない。愛してると思ったことは、今まで一度もない」

こんなにも、あっけなく消えてしまうものなのか。まるで世界から断絶されたような気分だった。握り締めていたはずなのに、僕の幸福は、指の隙間から砂粒のように零れ落ちていった。

2

鍵を回す歪な音が聞こえてくると、息が詰まりそうになった。

毎週金曜日。付き合っている彼氏の家に行くのが、いつからかの決まりになっていた。彼のために夕飯を作ることは全く苦ではなかった。料理は好きだったし、美味しい美味しいと子供のように喜んでくれる彼の姿を見るのは嬉しかった。

でも、がちゃがちゃと滑りの悪い鍵の音を耳にすると、途端に体が強張る。いつまで経っても鍵をうまく開けられない彼のために、鍵を開けに行くと、開いたドアの向こうには彼氏である道沢一番が立っている。

爽やかな笑顔。背が高くがっしりとした体軀。くたびれたスーツ姿でさえ、どことなく様になっている。非の打ち所のない佇まいで、「ただいま」と微笑まれると、私はそこから逃げ出したくなった。

そのまま彼は顔を近づけてくる。いつの間にかするようになった、帰宅時の玄関のキス。私はそれをされる度に、ぞわりと鳥肌が立った。彼を引き剝がして突き飛ばして、すぐにでも口を拭いたい気分に襲われた。

その挨拶が終わると、私はほっと胸を撫で下ろす。料理を口に運びながら、会話を楽しむ。彼との時間は穏やかで好きだ。

でもその間も頭の奥には憂鬱が潜んでいる。それは夜が更けるごとに膨らんでいく。ワインを飲んでいても、映画を観ていても、没頭できず気分は沈んでいく。

じゃあ、そろそろ風呂入ろうか。その言葉が一番の口から吐き出されると、私はいよいよかと身構える。死刑台へと歩くような気分で風呂へと向かう。

体を入念に洗って、全身の無駄毛を剃って。なんのためにこんなことをしているんだろうと虚しくなりながら準備を済ます。生理は先週終わってしまった。寝たふりでやり過ごすのもそろそろ無理がある。覚悟を決めて、風呂から出る。

一番が風呂から上がってくると、儀式は始まる。彼が私の肩に手を置いて、唇を近付けて、服をゆっくりと脱がせていく。たまらなく恥ずかしくなる。どうして付き合っているというだけで、裸を見せて、触らせて、恥ずかしい格好をさせられなければならないのか。見ないでほしいと懇願しても、彼は容赦なく視線と指を這わせてくる。怖気に耐えながら、強張る体でそれを受け入れる。早く終わってくれと目をつぶり、奥歯を噛み、嗚咽を堪える。

愛撫が終わると、彼は私の両脚を広げ、硬く大きくなったものを差し込んでくる。最も嫌いな瞬間だ。自分の中をグロテスクなもので容赦なくかき混ぜられ、深く衝かれるたびに吐き気が込み上げてくる。

あともう少し。もう少しで終わる。そう自分に言い聞かせながら行為に耐える。そのときの一番が私は大嫌いだ。いつもは穏やかで理知的な彼が、欲望に取り憑かれ我を忘れて腰を振っている。上がった息も熱い体温も情けない表情も、全部全て嫌いだ。

やがて彼は動きを速め、果てる。それに合わせて私も声を上げる。甘い嬌声も体の痙攣も、ふりをするのがずいぶんと上手くなってしまった。彼はそんな私を満足げに見下ろして、髪を優しく撫でる。

そして言うのだ。「愛してるよ」と。

これが、このえげつない行為が愛の象徴と言うのなら。

きっと私は、一番のことを愛してなんていない。

「ねえねえ、誰か好きな人いる？」

そんな言葉が周りで飛び交うようになったのは、小学校高学年くらいからだったと思う。同年代の男子よりも早熟な女子たちは、好きな人の名前を言い合ってはしゃいでいた。スポーツが得意な同級生、背が高く大人っぽく見えた先輩、ませた子は先生の名前を挙げたりしていた。

「ちーちゃんは誰が好き？」

そう訊かれて私は「誰もいない」と首を横に振っていた。そうなんだね、と友人たちは頷き、すぐに他の話題に移っていた。

中学生の頃になると、どうしてかその言葉だけでは済まなくなっていった。

「えー、そうなの？　好きな人くらい作りなよ！」

「中学生になっても恋してないとかありえなくない？」

嘲笑と共に馬鹿にされることが増えていった。仕方なく私は、クラスの人気者の名前を挙げるようにした。同級生たちは「分かる！」「かっこいいよねー！」と同調し、私は好きでもない男子に恋をするふりをしていた。

しかしまたそれもだんだんとうまくいかなくなる。高校生の頃だった。好きな人の名前を尋ねられた私は、いつものように人気者の名前を答えた。けれど、周りの反応はあまり芳しくなかった。どうしてだろうと疑問に思っていると、その中の一人が口を開いた。

「千凪さ、身の丈ってのを知った方がいいと思うよ」

刺すような一言だった。つまり、お前みたいな女は、その人気者には釣り合わない、叶わぬ恋をするなと忠告されたのだ。

確かに私は、綺麗とか可愛いとかいうタイプではない。どんどんと垢抜けていく同級生たちと比べ、野暮ったくて子供っぽかった。対して私に忠告してきたその子は、化粧もしてピアスも開けて、高校生とは思えぬほど大人びていた。後から聞いた話だが、その子は私が名前を挙げた彼に恋心を抱いていたらしい。

私を貶すようなその発言に、けれどどうしてか腹は立たなかった。むしろ納得してしまった。私のような人間は、同じように野暮ったく垢抜けない人間しか好きになってはいけない。そういうふうにきっとできているのだと。

そしてまた、同じ機会が訪れた。千凪は今、好きな人とかいないの？　私は用意していた答えを口にした。

「安倍川くんがちょっと気になってる」

安倍川くんは、同じクラスの男の子だった。眼鏡をかけ、ひょろりとしていて、背は高いが目立たない生徒だ。正直接点はほとんどなく、何回か会話したことがある程度の仲だ。

私のその告白に、周りはわっと沸き立った。どういうところが好きなの？　いつから好きになったの？　きっかけは何かあったの？　質問攻めに対し、しどろもどろになりながら即席で答えを返していく。例の大人びた友人は「お似合いじゃん」と笑っていた。

そのときはそれでその場を凌いだと思っていた。しかし数日経ったのち、妙な変化が起こり始めた。教室にいると、誰かの視線を感じることが増えた。その先に目をやると、安倍川くんがいた。目が合うと彼は慌てて目を逸らし、顔を真っ赤にしていた。嫌な予感がした。

やがて、彼は私に話しかけるようになった。最初は挨拶だけだったのが、だんだんと学校の話をするようになり、メールアドレスを交換することになった。彼と話すたびに向けられる、周囲のにやにやとした笑みが不愉快だった。

ある日、安倍川くんからメールで呼び出された。放課後、校庭の倉庫の裏に来てほしい。私はその指示の通り、待ち合わせ場所に向かった。そこには安倍川くんが立っていた。私が来たことに気付くと、不格好な笑みを浮かべて「神崎さん」と私の名前を呼んだ。

「あ、あの、良かったら、僕と付き合って下さい！」

安倍川くんが頭を下げる。綺麗に切り揃えられた髪から覗く耳は、真っ赤に染まっていた。脚の横に添えた手の指先が細かく震えている。

返事をするまでのわずかな間、様々な考えが頭をよぎった。

安倍川くんのことは、好きでも何でもない。悪い印象もないが特に良い印象もない。最近は会話をする機会も増えたが、話していて楽しいと思ったことは一度もなかった。

それでも、先に好きだと言ってしまったのは私だ。きっと友人たちがお節介をして、もしくは面白がって、安倍川くんに伝えてしまったのだろう。それを今更、嘘だったなんて告げてしまえば、彼は傷ついてしまう。

もう一つ考えていたことがあった。そのとき、私は高校二年生。周りはどんどんと恋人を作り始めていた。一方で自分は、好きな人すらできたことがない。置いていかれているような気がしていた。

もしかしたら、これはチャンスなのかもしれない。当時の私はそう思った。彼と付き合えば、みんなと同じように恋人ができる。それに、順番は逆になってしまうけれど、これからもしかしたら、安倍川くんのことを好きになっていくかもしれない。

「よろしくお願いします」

私も同じように頭を下げる。そうして、初めての彼氏ができた。

結論から言うと、好きになっていくかもしれないという私の期待は、完全な失敗に終わることとなった。

初め、安倍川くんとはおよそデートらしいデートはしなかった。一緒の時間は、下校のときだけ。私は色々と話題を振ってみたが、彼の頭の中はいつどのタイミングで私の手を握るかということでいっぱいで、生返事しか返ってこなかった。

周りの友人たちに倣い、私が誘って映画館や水族館に足を運んだこともあった。それでもやはりうまくいかず、映画を観ている途中彼は爆睡し、水族館では会話が弾むことなく作業のように魚たちを眺めていた。

今なら分かる。きっと安倍川くんも同じだった。安倍川くんも、私のことを好きなんかではなかったのだ。周りが彼女を作っている。童貞を捨てていっている。そんな焦りの中、私が安倍川くんに好意を抱いているという噂を聞きつけた。彼にとっては渡りに船だったに違いない。

互いに好意はなく、見栄や性欲でしか繋（つな）がっていない恋人たちがうまくいくはずもなく、三ヶ月ほどで別れることになった。どちらかが切り出したわけではなく、メールでのやり取りが減り、一緒に帰ることもなくなり、同じ教室にいるのに目すら合わなくなり、学校が夏休みに入ったのもあって、自然消滅のような形で関係は終わった。

結局恋人らしいことはほとんどしなかったが、一度だけ、キスをしたことがある。夏休み前、学校の帰り道。通学路にある小さな神社に差し掛かったとき、ちょっとここで話していこうよと誘われた。安倍川くんから話したいと言われたのは初めてだったので、私は珍しいなと思いながらついていった。

神社は私たちの他には誰もいなかった。下校時間とはいえど陽はまだ高く、日射しを避けるようにして私たちは神社の裏手に回った。一体何の話をするのだろうと安倍川くんが口を開くのを待ったが、彼は黙ったままだった。

日陰とはいえ噎せ返るような暑さだった。雑草は伸び放題で、草の切っ先がスカートから伸びる素足にちくちくと当たって痛い。神社の奥は雑木林になっていて、蚊が辺りを飛び回っていた。首に止まった蚊を平手で打つと、手の中にたっぷりと吸われた血が赤黒く広がっていた。私はポケットからティッシュペーパーを取り出し、それを拭う。手の中で丸めたとき、「神崎さん」と安倍川くんから声をかけられた。

握った拳から視線を上げる。こちらをじっと見つめる、眼鏡の奥の血走った両目に思わずぞっとした。そのまま私の両肩を摑むと、顔をいきなり近付け、衝突するような勢いで自らの唇で私の口を塞いできた。

こんなに暑いのに、指先からぞわぞわと鳥肌が立った。でも拒否はできなかった。だって私たちは恋人同士なのだから。こういうことをするのは当たり前だし、いつかこんなときが来るのだろうと覚悟はしていた。

でも想像していたのとは違っていた。少女漫画や友人の話だと、ファーストキスはもっと甘く爽やかで、とろけるようなものだと思っていたのに。彼は閉ざしたままの私の唇を執拗に舐め回した。荒い鼻息が私の顔に当たり、肩を摑む手が痛かった。汗はだらだらと額や首筋を通っていくが、拭うこともできず、ただ手の中のティッシュペーパーをぎゅっと強く握っていた。

いつまで続くんだろう。そんなふうに思っていると、急に弾かれるように安倍川くんが私から離れた。息はまだ荒く、彼も同じように顔じゅうに汗をかいていた。

「ごめん。ほんとごめん」

囁くように言うと、彼はその場から駆け出した。一人残された私は、呆然としながら、手の中のティッシュで口元を拭った。拭いても拭いても、唾液の乾いた生臭さは取れなかった。

安倍川くんには申し訳ないことをしたと、今では思う。当時の私が、彼の名前を出しさえしなければこんなことにはきっとならなかった。彼をきちんと愛していて、彼にきちんと愛されるような子と付き合って、きちんと恋人らしいことをする。そんな未来が彼にはきっと待っていたはずだったのに。

当時の私は心に決めた。こんなにときめかないのは、好きじゃなかったからだ。だから今度は、心から好きだと思える相手と、付き合うようにしようと。そのときはまだ、そんな人が自分の前に現れることを、信じて疑うことすらしなかったのだ。


それからしばらくは、色恋沙汰とは無縁の日々が続いた。誰の制服のボタンもねだることなく高校の卒業式を終え、大学でも異性と交流はあったものの、友人以上の関係になることはなかった。

それでも日々は充実していた。恋人なんていなくても楽しかったし、かつてのように恋人ができていく友人たちを羨むこともなかった。結局当時の私は、周りがみんな持っているおもちゃをただ欲しがる子供だったのだ。時が経つにつれ、羨望は薄れ平然と傍観者としていられるようになった。

ただ、もやもやしたものはずっと胸の中にあった。周囲が当然のように抱いている感情を、私は持つことができない。まるで欠陥品のようだと感じていた。

そんな気持ちを抱えたまま、新卒で今の会社に入社した。小さな会社で、同期は木嶋くんという同い年の男の子しかいなかった。

社会人生活は今までの日々とは全く違っていた。仕事に対する責任感、規律で守られた生活。何より驚いたのが、男女問わず、誰からも恋人の有無を訊かれることだった。彼氏いるの？　いないと答えると、どれくらいいないの？　と質問を重ねてくる。木嶋とかどう、お似合いじゃん。私と木嶋くんは苦笑いを浮かべて、そうですねと曖昧に答える。ここまでが飲み会でよく交わされる一連のやり取りだった。この年齢であれば、当然のように誰かと付き合ったり、誰かと付き合いたいと思ったりしたことがあるだろう。そんな無分別な思い込みを、こんなに多くの人が持っているのだということが、私にとってはちょっとした衝撃だった。

確かに、木嶋くんとは仲が良かった。私は経理部で彼は営業部と部署は違ったけれど、歳の近い人が部にいなかった私にとって、同期の彼は頼ったり情報を共有したりできる数少ない相手だった。二人でよく飲みに行っていたので、冷やかされることも多かった。

揶揄に笑って否定しながら、木嶋くんには申し訳ないなと思っていた。彼は顔立ちこそそれほど整っているというわけではないけれど、洗練された雰囲気が漂っており、ワックスで固めた髪も派手な柄のネクタイもよく似合っていた。そんな彼が、野暮ったい私と釣り合うわけがなく、きっと心中では嫌がっているのだろうなと思っていた。

だからいつものように一緒に飲んでいる最中、彼から告白されたときは、心底驚いた。

「俺と神崎さん、結構相性いいと思うんだよね。よかったら付き合わない？」

真っ赤になって震えていた安倍川くんとは違って、まるで世間話をするような、さらりとした告白だった。初めは冗談だと思って笑って流したが、「冗談でこんなこと言わないよ」と彼は私の目をじっと見つめて言った。

木嶋くんといるのは楽しかった。自然体でいられたし、なんでも話すことができる相手だった。そうか、もしかしたらこれが恋なのかもしれない、とそのとき私は思った。漫画や映画で観るような、胸を焦がすようなときめきも、息の詰まるような焦燥も抱かなかったけれど、きっとそれはフィクションゆえの描写なのだろうと自らを納得させた。

私は彼の告白を受けた。私たちは恋人同士になった。嬉しかった。自分も他の人と同じように、誰かに恋をして、付き合うことができた。居酒屋からの帰り道に握られてきた手も、汗ばんでおらずさらさらとしていて、不快感はなかった。


木嶋くんは私を色々なところに連れて行ってくれた。美味しいレストラン、お洒落(しゃれ)なカフェ、夜景の綺麗なスポットや音楽フェス。どれも楽しくて、未知の体験で、充実した日々だった。

一方で、彼は私によく言っていた。

「もう少しさ、お洒落とかした方がいいんじゃない？」

確かに彼の言う通り、周りの女子たちに比べ私は野暮ったかった。メイクもほとんどせず、服装もさほど気を遣っていない。いつも高そうな服や靴や時計を身に着けている彼にとって、私の無頓着さはきっと許せなかったのだろう。

彼のアドバイスに従いながら、私は身なりを整えていった。彼の気に入っているブランドの服を身に纏い、彼に言われるがまま髪を短くし茶色に染め、彼が好きだというタレントの真似をしたメイクをするようになった。学生時代から吸っていた煙草は、女が吸うなんてみっともないからやめろよと言われ、やめた。

彼の理想に近付く度に、彼は私を可愛い、綺麗になったと褒めてくれた。何故かちっとも嬉しくなかった。

それでも彼に言われるがままに自分を変えていったのは、「恋人同士になる」ということはそういうことだと認識していたからだ。好きな人のために、最大限の努力をする。それが愛情というものだと思っていた。

だから、セックスに関してもそうだった。私は当然ながら処女で、そのことを木嶋くんにも伝えていた。優しくするよと言いながら、彼は私を安っぽいラブホテルのベッドに押し倒した。

初めての異性との性行為は、ひたすらに困惑しかなかった。乳房を鷲掴みにされ、乳首に歯を立てられ、じゅるじゅると音を立てて耳を舐められ。快楽はなく、ただただ不快だった。胸に息荒く顔を埋める木嶋くんを見て、こんな脂肪の塊に興奮できる理由が分からなかった。どうしてこの行為を、みんなこぞってしたがるのか理解できなかった。

「触って」

胸から顔を上げた木嶋くんはそう言うと、私の手を握って自らの股間へと誘導してきた。当然だけど、初めて見る男性の性器だった。言われるがまま、私はそれを触る。硬いが弾力があり、妙に生暖かく、変な感触だった。どうしていいか分からず撫でたり握ったりしていると、彼が私の上から飛びのき、首辺りに跨った。ぎょっとしていると、腰を突き出し見下ろしながら笑った。

「舐めて」

ぎょっとする。そういう行為が存在すること自体は知っていた。けれどまさか、初めてする日に要求されるとは思わなかった。それとも、それが一般的なのだろうか。戸惑いで何も答えられないでいると、「早く」と更に押し付けてくる。

「ま、待って。どうすればいいか分からない」

「どうすればも何も、ただ舐めればいいだけだから」

「そんなこと言われたって……」

「棒アイス舐めるみたいにすればいいから。歯は立てるなよ」

急き立てるようにされ、私はおそるおそる口を開ける。すぐさま木嶋くんは中へ差し込んできた。喉の奥に突き立てられ、鼻腔に生臭いような妙な匂いが広がっていく。えずきそうになるのを堪えながら、舐めたり口の中に含んだりを繰り返した。

まだかな、早く終わらないかなを頭の中で繰り返し続けた何度目かのとき、木嶋くんが「あー、もういいや」と口の中から引き抜いた。やっと終わったとほっとしていると、彼は最後に一枚だけ残っていたパンツを私から引き剝がし、脚をがばりと開いた。

焦って制止の声を上げたが、木嶋くんはお構いなしに、私の中へ指を差し込んだ。下腹部にずきんと痛みが走る。そのままおざなりに何度か掻き回すと、体勢を変え私の脚を持ち上げ、自らのものを私に入れようとしてきた。

慌ててどうにか脚を閉じようとするが、彼の力には敵わない。大丈夫だから、と言って、中に入れようとした瞬間、さっきとは比べ物にならない痛みが下半身を襲った。

「待って、痛い、痛い！」

思わず叫ぶ。しかし彼はお構いなしに更に奥へと差し込もうとしてくる。

「大丈夫、すぐによくなるから」

無理やり抉じ開けられるような、鈍い痛みが腰や背骨の方まで走る。耐え切れなくて、脚をばたつかせて暴れた。結局その日はそれ以上できず、木嶋くんはぶつぶつ言いながら、不貞腐れたまま私に背を向け眠ってしまった。

最後までできたのは、それから三回ほど試してからだった。奥まで入れられたときは、裂けるような痛みに涙が滲んだが、それよりも何よりも恥ずかしくて死にそうだった。こんな情けない格好で、どうしてこんな辱めを受け入れなければならないのかと思うと、泣きそうになった。でも泣いてしまったら、木嶋くんを傷つけてしまう。それにこんなことくらい、みんなしている。普通で、当たり前のことなんだ。そう自分に言い聞かせながら、嗚咽を堪えながら、行為を終えた。

硬いベッドの上にぐったりと横たわった私に、木嶋くんは性器を拭きながらにやにやと笑って言った。

「初めてのくせに、声押し殺してよがってたじゃん」

何も答えずに、私はずっと握り締めていた拳を開いて手のひらを見た。四本の爪の痕がくっきりと赤く残っていた。

初体験を済ませて以降、私たちは会うたびに性行為を重ねていた。最初の痛みは徐々に薄れていったものの、恥ずかしさや自分が玩具にされるような感覚にはどうしても慣れず、夜になるのが本当に嫌だった。

それでもやはり木嶋くんと話すのは楽しくて、セックスのとき以外は優しかったし、会うこと自体はいつも楽しみにしていた。けれどだんだんとどこかへ出かけることは少なくなって、夕ご飯の後にホテル、もしくはホテルだけ、という日が増えていった。

彼は一度も私を自分の家に呼びたがらなかった。自分のベッドでしたら汚れるから嫌だ、というのが理由だった。

あるとき、木嶋くんの異動が決まった。東京を離れ、大阪の支店に配属された。私たちはいわゆる遠距離恋愛をすることになった。

なかなか会えなくなって、その分会っているときの密度が高くなって、また一緒にいろんなところに行くことが増えた。夜には相変わらずラブホテルばかりだったけれど、回数が減ったので気は多少楽だった。

ある日のことだった。私は週末にかけて、大阪で木嶋くんと会う予定だった。彼に伝えていた時間よりも早い新幹線に乗れたので、少し早めに着くとメッセージを送った。彼から返信はなかったが、気にせずそのまま彼の家へと向かった。

いつものように合鍵で家のドアを開けると、ふわりと甘い匂いがした。芳香剤でも変えたのだろうかと訝しく思っていると、蒼白な顔をしたパンツ一枚の木嶋くんが駆け足でやってきた。

「何、なんだよ、どうしたの。来るの早くない？」

「え、うん。早く来れるようになったってメッセージ送ったんだけど……見てない？」

「あっ、あー。ごめん、見てない。寝てた。あーまじか、来んの早いなあ」

ぶつぶつ言いながら、寝癖のついた髪の先を指でいじる。いつもどんなに眠くても酔っていてもパジャマを着て寝ている木嶋くんが、こんな格好で布団に入るなんて珍しいなとぼんやり思っていると、彼が目を合わさず言った。

「あのさあ、今部屋めっちゃ散らかってるからさあ。すぐ近くのコンビニでちょっと時間潰して待っててくんない？」

「え、そうなの？　別に気にしないよ。私、一緒に掃除するけど」

「いや、あのさ。そういうんじゃなくてさ。見せられないほど汚いの。分かってよ」

木嶋くんが無理やり私を外に押し出そうとしたとき、リビングに続くドアが開いた。下着姿の女性が目をこすりながら、「何なの、うるさくて寝れないんだけど」とぼやいた。

「ば、ばかっ。お前、何出てきてんだよ！」

木嶋くんが慌てた声を出す。その女性は私を見て一瞬目を瞠り、すぐに口元を歪めた。

「ああ。あんたがあのマグロ女さんか」

マグロ女さん、という言葉の意味が分からなくてきょとんとしていると、彼女は「私は帰るから、あとは二人でどうにかしてね」と言ってリビングに引っ込んでいった。その間木嶋くんは玄関先で俯いたままで、私もどうしていいか分からず、その場に立ち尽くしていた。やがて服を着た女性がリビングから出てきて、「頑張ってね」と木嶋くんの肩を叩き、出て行った。

家のドアが閉じると同時に、彼は体を床に伏せて、土下座した。ぎょっとする私に向かって、「ごめん!」と半ば叫ぶような声で言った。

「本当にごめん。一人で、大阪で、寂しくて。ちーちゃんともなかなか会えないし。つい、魔が差したんだ。本当にごめん。もう二度としない。俺が愛してるのは、ちーちゃんだけだから。だから、もう二度としない。ごめんなさい」

頭をフローリングに擦りつけんばかりの勢いで、木嶋くんが謝り倒す。私はどうしていいか分からなくて、とりあえず彼のつむじに向かって「わ、分かった。大丈夫」と声をかける。彼が顔を上げた。

「ほんと? 許してくれるの?」

「う、うん。いいよ」

「まじか。よかった。ありがとう、本当にありがとう」

そう言うと彼は立ち上がり、私を抱き締めた。正直このときの私は、面倒事が大きくならず片付いたとほっとしていた。

しかし、木嶋くんの部屋で冷凍のパスタを啜りながら話しているとき、彼がぽつりと言った。

「あのさあ、なんで怒ったりしないわけ？」

私は思わず、口を大きく開けたままの姿で静止する。彼は苛立った様子で、フォークで皿をかんかんと叩いた。

「彼氏が浮気したんだよ？　理由はどうあれ。普通怒るでしょ。それなのにさっきから平然としちゃってさ。普通そんな反応する？」

普通。そうか、普通はそうなのか。もっと声を荒らげたり、彼の頬を張ったりするべきだったのだ。でも、そんなことできない。だってちっとも怒りが湧いてこない。

「なんなんだよ、まじでなんなの。俺のこと、愛してないわけ？」

何も答えられなかった。一緒にいて楽しくて、笑い合えて、それが「愛している」という感情だと思っていた。でもどうやら違ったようだ。私は彼に嫉妬しない。離れていってしまうかもしれないという焦りも寂しさも感じない。仲の良い友人が誰かとセックスしていても、何も感じないのと同じように。

私にとって、木嶋くんは恋人ではなかったのだとそのとき気付いた。

結局その週末はずっと気まずいまま過ごし、私が東京に帰ってきたタイミングで、木嶋くんからメールが届いた。

【自分を好きじゃない人と、付き合い続けることはできない】

彼の言う通りだった。ごめんね、とだけ返し、それが彼との最後のやり取りになった。私が二十五歳のとき。およそ一年半ほどの付き合いだった。

木嶋くんと別れてから、私なりに色々と考え悩んだ。他の人のように恋愛もセックスも楽しめない自分は、やはり欠陥のある人間なのではないかと何度も自問した。もしかしたら男性ではなく女性が好きなのかもしれないと、グラビア雑誌を読みアダルトビデオを観たが、何の感情も喚起されなかった。

試行錯誤して、私は一つの結論を出した。

ま、どうでもいいか、別に。

はっきり言って恋人なんていなくても日々は楽しい。仕事はつまらないが職場の人間関係には恵まれているし、旅行やカラオケに一緒に行ってくれる友人は何人かいる。それだけで充分じゃないだろうか。恋愛がなくったって、この世界を生きていける。

安倍川くんや木嶋くんと付き合ったことは後悔していない。あの二人と交際した期間がなければ、この結論に至ることもなかっただろう。

そうなってしまえば楽だった。今まで木嶋くんのためにしていたメイクや服装を、自分のしたいようにするようになった。髪もネイルもアクセサリーも、男の人のためじゃなく自分のために誂え、それがたまらなく楽しかった。やめていた煙草も再開した。もう誰の機嫌を取る必要もない。

でも、煩わしいこともあった。親だ。事あるごとに母は私に言った。ねえあんた、良い人はいないの？

二十代後半に差し掛かってきた娘に、男っ気が全くないことが不安になったのだろう。そしてもう一つ。二歳下の妹の美波(みなみ)に子供ができたことが母の中で大きかったようだ。

美波は二十三のとき、子供ができて結婚した。いわゆるできちゃった、というやつだ。私と違い自由奔放で遊び回っていた彼女に、結婚生活や育児ができるはずないと私も母も思っていたのだが、案外うまくやっているようだった。

初めての孫に母は骨抜きになった。こちらが恥ずかしくなるくらいの猫撫で声で甘やかし、おもちゃや服をどんどんと買い与えた。それに気を良くしたのか、美波は頻繁に娘を連れて家に帰るようになった。

初めて我が家に居心地の悪さを覚えるようになった。一人暮らしを考えるようになった。でも、どうしても踏み切れなかった。美波たちがよく来るとはいえ、この大きな家に、母がたった一人。その光景を想像すると、居た堪れなくなった。

そんなとき、私は一番と出会った。


彼のことは、初めは何の意識もしていなかった。

私は朝、出社してすぐにいつも煙草を吸っていた。社内には喫煙所はなく、わざわざビルの外に出ていた。

そのときに毎朝見かける男の人がいた。背が高く、長い手足にスーツがよく似合っていた。どんなに暑い日でもジャケットをきっちりと羽織り、汗一つかかず涼しい顔で背筋を伸ばし歩いていた。なんか、堅苦しそうな人だな。そんなイメージしかなかった。

ある日のことだった。いつもは出勤鞄一つで歩いている彼が、その日は紙袋をもう片方の手に提げていた。体はそちらの方に若干傾いていて、かなり重たそうなのが見た目にも分かった。ちょうど私の目の前を通り過ぎるとき、ビリッ、という音がした。あれ、と思う間もなく、紙袋の底が裂け、中から大量の本たちが地面にぶちまけられた。

容赦なくどさどさと積み上がっていく書籍の山。それを彼は呆然と見つめていた。こんな大量の本、手で抱えるわけにもいかない。新しい袋を調達してこようにも、ここは車も通る道で、放置していくなんてできない。一体どうしろというんだ。そんな彼の心の声が聞こえてくるようだった。

「あの、大丈夫ですか？」

私は思わず話しかけていた。顔面蒼白になっていく彼を見ていられなくて、つい声をかけてしまった。彼が我に返ったように、はっと顔を上げて私を見る。

「あ、あー。袋、破れちゃって。どうしようかなって」

彼は困ったように笑う。もみあげの辺りから、汗が一筋流れ落ちていくのが見えた。

「そうですよね。ちょっと待っててください」

私は制服のポケットからスマホを取り出し、会社の電話番号を押した。ワンコールで後輩の女の子の声が聞こえてきた。私は彼女に、丈夫で大きめな袋を持ってくるよう頼むと、電話を切った。その間彼は、困惑した表情のままじっと私を見ていた。

「今、後輩に袋持ってきてくれるように頼みましたんで、ちょっと待っててくださいね。ってか、これとりあえず脇に寄せましょうか。ここ、車通ったりして危ないし」

「あ、ああ。そうですよね。すみません」

私の言葉に、慌ててしゃがみ込む。そのどこか情けない様子に、彼に対する印象が少し覆った。

私は煙草を携帯灰皿に放り込み、二人で散乱した本を順々に道の脇に寄せ始めた。ようやく道の真ん中から本がなくなったとき、ビルのドアが開き、後輩が顔を出した。

「神崎さん、こんなんでいいですか？」

銀色の大きな四角い袋を差し出してくる。私がそれを受け取ると、後輩は堆く積まれた本に目を向け、そして本を腕に抱える彼に視線を移した。

「これ詰めるんですか？　手伝います？」

「あ、ううん、大丈夫。ありがとね」

はーい、と間延びした返事が降ってくるが、その場を離れる様子はない。じろじろと彼を眺め回している。

「どうしたの？　もう戻ってもいいよ」

「あ、はーい」

また間延びした返事をすると、ようやく彼女はビルへと戻っていった。私は受け取った袋の口を大きく開けると、しゃがんで本を入れ始める。彼が慌てたように言った。

「あ、ああいや、そんな。いいですよ、自分でやりますから」

「一緒にやりましょうよ。その方が早く終わるし」

すみません、ありがとうございます、と何度も彼は頭を下げ、私たちは黙々と本を詰め始めた。

それにしても、すごい量の本だ。出版関係の仕事でもしているのだろうか。手に取った本の表紙をふと見てみる。「こくご　小学三年生」の文字。なんとなく、ページをぱらぱらとめくってみる。

ふと、あるページが目に留まった。防災頭巾(ずきん)をかぶった少女が、悲しげな目でこちらを見ているイラストだった。題名は『ちいちゃんのかげおくり』。戦争の悲惨さを描いた物語だ。

「それ、三年生で習うにしては、なかなか悲惨な感じですよね」

いつの間にか隣に来ていた彼が、本を覗き込みながら言った。ふわりと柔軟剤の清潔な匂いがした。

「物悲しい話ですよね。すごく印象に残ってます」

「この頃の教科書の作品って、やけに記憶に深く残ってたりしますもんね」

「はい。あとはあれ、なんだったたっけな。蝶(ちょう)の標本を男の子が盗(と)っちゃうやつ」

「あー、『少年の日の思い出』ですかね」

「そんなストレートなタイトルでしたっけ？　なんかタイトルよりも、主人公の友達の名前の方がすごく印象的で。えっと、確か」

「「エーミール」」

二人の声が重なった。そうそう、それそれ、と彼が破顔して、私もつられて笑ってしまう。

そんな他愛のない話をしながら本を詰めているうちに、思った以上に時間が過ぎていたようだった。彼が左の手首に巻いた腕時計を見て、慌てて立ち上がった。

「すみません、そろそろ行かなくちゃ」

私もポケットからスマホを取り出し、時刻を見る。始業時間の十分前になっていた。

「あ、ほんとだ、もうこんな時間。私も戻らなくちゃ」

「あの、ありがとうございました。本当に助かりました」

彼が深々と頭を下げる。その姿にはさっきまでの焦燥の様子はなく、いつもの涼しさを身に纏っていた。気にしないでください、と私も合わせて頭を下げると、彼と別れて会社へと戻った。

席に着くや否や、先程の後輩の女子が駆け寄り、私に耳打ちした。

「ちょっと、神崎さん！　さっきの男の人、どういう関係ですか！」

「どういうって言われても……」妙な気迫にたじろぎながら答える。

「めっちゃイケメンじゃないですかー！　スタイルもいいし！」

その言葉に、彼の顔を思い浮かべる。めっちゃイケメン。確かに、整った顔はしていた。

ああいう人がきっと、可愛い彼女を奥さんにして、幸せな生活を手に入れるんだろうなと、ぼんやりと思った。そのときの私にとっては、彼はその程度の存在でしかなかった。

その青年が、道沢一番。私の彼氏になった人だった。


翌朝、いつものように始業前に外で煙草を吸う。この時間帯は日陰になっておらず、うなじの辺りにじわりと汗が滲む。肺へと落とし込んだ煙を吐き出すと、白い靄(もや)の向こうに背の高い男の姿が見えた。

昨日の彼だった。にこにこと人好きのしそうな笑みを浮かべて、私の方へ向かってくる。軽く会釈をすると、彼もぺこりと頭を下げた。

「昨日はありがとうございました」

「とんでもないです。袋はもう破けませんでした？」

「はい。大丈夫でした」

「それはよかったです」

相変わらず暑さを感じさせないような、涼しげな声色と様相だ。凛と伸びた背筋がどうしてか窮屈に感じる。昨日の狼狽して慌てていた姿の方がよっぽど人間的で好きだ。

後輩の昨日の言葉を思い出す。切れ長で二重の瞳に、通った鼻梁、薄めの唇。少し長めの前髪を額の真ん中で分けて、爽やかな笑みを浮かべていた。清潔感があり精悍だが、少年のような可愛さもあるような男性だった。間違いなく「イケメン」だ。好みの問題はあれど、彼を美男子ではないと評する人はそうそういないかもしれない。

でもそれは、私には何の関係もないことだ。それでは、と彼が踵を返す。私も小さくお辞儀をする。

そのとき、彼のズボンの尻ポケットから布地がぺろんと出ているのが見えた。綺麗な脚のシルエットに、それだけが間抜けに舌を出している。教えようと声をかけたが、言葉が出てこない。彼の名前を知らないのだ。「お兄さーん！」と声をかけると、彼が振り向く。

「あ、ごめんなさい。名前分からなくて、変な呼び方しちゃいました」

「ああ、そうですよね」彼がにっこりと完璧(かんぺき)な笑みを浮かべる。「道沢一番といいます」

「道沢さんですね。私は、神崎千凪といいます」

互いに名乗り合って、頭を下げ合う。一番か。変わった名前だ。

「あ、それで、道沢さん。お尻が」

「えっ？　お尻？」

「はい。お尻のポケット、出ちゃってます」

はっとした顔をして、彼が両手で自分の尻を触る。舌を出している布に気付いて、急いでポケットを直す。

「う、うわー。いつからだったんだろ。ありがとうございます。あああ、めっちゃ恥ずかしい……」

完璧な顔が崩れて、気まずさを誤魔化すような笑みになった。こちらの方が、よっぽど人間らしい。私もつられて思わず笑った。

その日から私たちは毎朝、少しだけ話すようになった。出勤前、十分程度の短い逢瀬(おうせ)。

話すことは本当に他愛のないことだ。取るに足らないくだらないこと。ふざけたコマーシャルの話や、近くのコンビニからお気に入りのジュースがなくなったこと。

彼は私が隣で煙草を吸っていても嫌な顔一つしなかった。一度消そうとしたら、消さなくていいですよと断られた。意外だった。男の人は、女の人が煙草を吸うのを嫌うと思っていたから。

そんなことが三ヶ月ほど続いたある日。いつものように話していると、彼がぽつりと言った。

「実は、会社が移転になるんです」

彼によると、会社が数駅隣のビルへ引っ越すことになったそうだった。当然、この通勤路は使わない。つまり、もう彼とこうやって会って話すこともなくなる。

日課のようになっていたこの会話がなくなってしまうことに、私はほんの少し寂しさを覚えた。彼と話すのは楽しかったし、憂鬱な勤務時間の癒しにはなっていた。

でもまあ、仕方ないか。そうなんですね、それじゃあお元気で。そう別れの言葉を告げようとすると、彼がスマホを取り出して言った。

「だから、よかったら連絡先交換しませんか？」

彼は、堂々とした笑みを浮かべていた。

私は迷った。きっと彼にとってはただの友人としての行為で、下心のようなものなんてあるはずがない。でも、異性と必要以上に関わることに面倒さを覚えたことも確かだった。

そのとき、彼のスマホを持つ手が目に入った。指が微かに震えていた。彼の顔を見上げると、さっきと変わらぬ笑みで、私の答えをじっと待っていた。

私はポケットからスマホを取り出し、答えた。

「いいですよー。交換しましょ」

彼が、一瞬顔に思い切り安堵を浮かべた。しかしまたすぐに取り澄ました笑みになって、「ありがとうございます」と爽やかな声色で礼を言った。

そうして私たちは、新たな形で交流をすることになった。

初めは文字のやり取りだった。画面の中でも彼の印象は変わらなかった。誠実で真面目、几帳面。時々つまらない冗談を言ったりするのがちょっと意外だった。

私は彼の色々なことを知った。年齢は私の二つ下であること。大手の教科書出版社に勤めているということ。実家は横浜の方で、今は杉並区で一人暮らしをしているということ。映画を観るのが趣味だということ。

でもそんなデータなんかよりも、絶対に自分が最後にメッセージを送らないと気が済まないところや、「ふむふむ」という相槌の方が、彼のことを雄弁に語っている気がした。

あるとき話の流れで彼と飲みに行くことになった。彼が連れて行ってくれたお店は騒がしくなく、でも静かすぎず、ちょうどいい感じの焼き鳥屋で、きっと慣れているんだろうなと思った。

彼との飲みは楽しかった。真面目なだけかと思っていた彼も、ちょっと間の抜けたところが垣間見えるようになって親近感が湧いた。腹を抱えて笑うようなことはないけれど、穏やかで心地良い時間だった。それから定期的に飲みに行くようになった。

そんな中で、一つ気付いたことがあった。彼は、自分の「男」という性別にやたら矜持を抱いているようだった。

会計は払いたがり、道は車道側を歩きたがる。「俺は男だから」「そういうのは男に任せてよ」という台詞を何度聞いたことだろう。一方で私に対して女らしさを求めたりは決してしなかった。

意識的なものではなく、自分でも知らず知らずのうちに、男らしさに縛られているような感覚がした。

私はそれがどうにも嫌だった。二人の関係に男女という性別が必要以上に介入してしまっているようで居心地が悪かった。だから彼がトイレに入っている間に支払いを済ませたり、どんなに重い荷物を持っていても彼の手助けを断ったりしていた。その度に彼は、ちょっと困ったような笑みを浮かべていた。

その頃彼は新規のプロジェクトのリーダーを任されたばかりで、日々プレッシャーと闘っているようだった。それもあってか、頻繁に飲みに行くようになった。

そのときも飲んだ後の帰り道だった。二人で歩いていると、酔いを醒ましたいからと彼が公園に誘った。人気のない公園で、私と彼は並んで座った。涼しいが夏の気配がする夜だった。

「神崎さんはさ、今、気になってる人とかいる?」

彼が唐突に訊いてきた。私は首を捻る。

「気になってるって? 注目してる俳優とか芸人とか、そういうこと?」

「それ、わざと言ってるでしょ」

困ったように笑って、彼が私を見つめてくる。私にだって分かっている。今、彼が何を言おうとしているかということくらい。一方で、そんなことありえないでしょという自分の声も聞こえてくる。彼のような完璧な男は、私のような女を選ばない。選ぶはずがない。だからもう何も言わないでくれと、心の中で願う。

だけど望みは潰える。

「俺は今、神崎さんのことが気になってるよ」

どうして、今のままじゃいけないんだろう。どうして恋人という枠組みに押し込めたがるんだろうか。確かに、彼のことは好きだった。でもそれは愛ではない。彼のことを想って眠れなくなったりしない。彼が他の誰かと手を繋いでいても胸はざわつかない。今のままでいいのに。今のままがいいのに。愛も恋も、全部が気持ち悪くて仕方がない。

私の戸惑いを逡巡と勘違いしたのか、彼が膝を揃え直し、私に向き合った。

「ごめん、こんな濁したような言い方じゃ伝わらないよな。……好きです。付き合ってください」

彼が深々と頭を下げた。彼の前髪がさらりと揺れる。なんて誠実な言葉なんだろう。その誠実さが今は厄介だ。

「自分で言うのもあれなんだけどさ」

私の着ているブラウスのボタンから、糸がほつれているのが見えた。それを指でつまんで引っ張る。

「私、多分道沢くんの思ってるような人じゃないよ。変人だし、嘘つきだし。それにきっと、一時の気の迷いみたいなものだと思うよ。道沢くんは今、仕事でつらいときだろうし、そういったのもあるんじゃないかな」

まるで子供をあやすようだな、と自分でも思った。彼の顔が見られない。一体どんな表情をしているのか知りたくない。

「確かに、もしかしたら、神崎さんの言う通りかもしれない」

彼の声が聞こえる。気丈に振る舞っているような声だが、語尾が微かに震えていた。

「確かに、この好きは、気の迷いかもしれない。一過性の好きかもしれない。一生ずっと貫いていけるとか、ごめん、それは俺も自信持って言えない。けど、だけど」

私は顔を上げた。頬に貼りつく髪を指先で耳にかける。彼は私ではなく正面をじっと見つめている。薄闇の中、向かいのベンチで、男女が二人話しているのが見えた。

「だけど今、俺の中にあるこの感情は、俺にとっては正しいものだから。ないようにして振る舞うなんて、俺には、できない」

なんでみんなそんな簡単に、好きとか愛しているとか言えるんだろう。鬱陶しくなるほど愛を語っていた友人たちが、罵(のの)り合って別れていくところを何度も見た。愛情なんてきっとそんなものだ。道端の犬猫が見えなくなったら興味がなくなるような、何回か季節が過ぎたら急にぽろっとどこかへいってしまうような、その程度のものなのだ。だったら私はそんなものいらないし、そんなもの、押し付けてほしくない。

そう思っていたはずなのに。まっすぐに言われてしまうと、揺らいでしまう。もしかしたら私にも誰かを好きになれるんじゃないかと、また期待してしまう。

「私、優しい人なんかじゃないよ」

私の言葉に、彼がこちらを向いた。目が合う。鈍く光る街灯の下で、表情がよく読み取れない。でも、唇をぎゅっと噛み締めているのだけは分かった。

「私は、道沢くんにとって優しい人じゃない。酷(ひど)い女だよ。私のことをもっと知ったら、絶対に幻滅すると思う。きっといつか、私のこと嫌いになると思う」

ブラウスのほつれ糸をいじっていた指が、震えていた。彼も私の手に視線を落とす。私は咄嗟に、左手で震えを隠す。彼がまた顔を上げて、私を見て言った。

「好きだよ。たぶん、どんなに酷いことされても好きなままでいると思うよ」

私は深く息を吸う。そして、口を開く。

「信じる」

自分でも聞き取れないくらい、小さな声だった。彼も「えっ？」と訊き返してくる。

「道沢くんのさっきの言葉、信じる。だから、ずっと信じさせてね」

彼がぽかんとした顔で見つめてくる。どういう意味かさっぱり分からない、と言いたげな表情に、私は思わず笑ってしまう。

「不束者ですが、どうぞよろしくお願いします」

おどけた調子で頭を下げる。ようやく彼は、私が告白を受け入れたのだと気付いたようだった。

「えっ、あっ、まじ⁉」と慌てた声が聞こえてくる。

「あっ、ええっと。こちらこそ、どうぞよろしくお願いします！」

彼もそう言って、深々と頭を下げた。

絆された、というのは間違いではないだろう。でもそれ以外に私の中には、打算があった。ルックスが良く、大手企業勤務、性格も優しくて穏やか。そんな優良物件である彼ならば、好きになれるんじゃないかと思った。今はなくても、いずれ恋愛感情を持つことができるんじゃないかと、もう一度賭(か)けてみたくなったのだ。

　本当に私は、酷い女だ。


　付き合ってからもそれほど関係性に変わりはなかった。仕事帰りや休日に会って、飲んで、たまに映画を観に行ったり、テーマパークへ遊びに行ったりした。

　変わったのは呼び方だった。私は彼を「一番くん」「一番」「番ちゃん」と呼ぶようになり、一番は私を「千凪」と呼び、たまにふざけて「ちーちゃん」と呼んだ。

　でも一緒にいるだけが恋人同士ではない。一番と初めて夜を共にしたのは、付き合ってから二ヶ月ほど経った頃だった。飲み会の帰り道、彼の方から「今からうちに来ない？」と誘ってきた。ついに来たか、と思った。過去の出来事が蘇(よみがえ)る。安倍川くんとのキス。木嶋くんとのセックス。いい思い出ではない。むしろ、苦痛の記憶だ。あれをまた、しなくてはならない。

　一番の家はとても綺麗に片付けられていた。入ると玄関にはいくつかの靴が綺麗に並べられており、その脇には折り畳み自転車が立てかけられていた。玄関にドアや仕切りはなく、キッチンとリビングが見えた。白い壁に囲まれたその空間はモノトーンの家具で揃えられている。壁に立てかけるタイプの観葉植物や、ソファの横の細長い間接照明が印象的だった。

　そこに至るまでの流れは、至極自然だった。一緒にお酒を飲み、深夜のバラエティ番組を見て、それぞれがシャワーを浴びて。セミダブルのベッドに並んで寝て、彼はゆっくりと私の手に指を絡めてきた。

一番は優しかった。愛を確かめるようなキスも、慈しむような愛撫も、びっくりするくらい柔らかかった。私が知っているような、欲望をただぶつけるような身勝手さはそこにはなかった。その優しさが嬉しくて、愛を感じて、でもそれでも駄目だった。彼の指や舌先が私の体に触れるたび鳥肌が立って、中に入れられたときは吐きそうにすらなった。彼にキスをされると、鼓動が高まる。でもそれは興奮の動悸じゃない。裸で抱き締められると、体が汗ばんでくる。でもそこには熱はなく冷えた汗だ。

誰もが羨むような男前。性格も優しく穏やかで、何より私のことを大事にしてくれる。なのに、どうしても拒否反応が出てしまう。彼なら。一番なら、大丈夫だと思っていたのに。

彼と付き合っていた過去の女性たちは、きっとそんなこと感じなかったのだろう。彼の逞しい体に抱かれ、愛情に触れて、幸福のまま一つになっていたに違いない。それが私にとっては、この上なく苦痛だ。やっぱり私は、人として何かが欠けている。

そんな意識に苛まれながらも、一番と別れようという気にはならなかった。彼といるのは楽しかったし、その日々を失いたくなかった。

ほんの短い間。それさえ我慢すればいい。自分に何度も言い聞かせていた。夜が更けるにつれて、強張っていく体を懸命にさすっていた。

そうやって私は自分を誤魔化しながら、一番を騙しながら、二人の日々を過ごしていた。一緒にいてこんなに楽しいのに、こんなに好きなのに。どうして愛することだけはできないんだろうと自問しながら。

あるとき見た映画の予告。悲哀のラブストーリー。主人公の男がヒロインに言う。大丈夫、愛があればなんだってできるよ。

じゃあ、愛がないとなんにもできないのだろうか。

夜のことを除けば、私たちはとてもうまくいっていた。喧嘩も時々したけれど、仲の良い恋人同士だったと思う。

家族には恋人がいることは内緒にしていた。面倒にしかならない気がしていたからだ。

だが、二人で旅行に行った帰りのことだった。大丈夫だと断ったのだが、一番が私の家の前まで車で送ってくれた。そして間の悪いことに、ちょうど帰宅してきた母と、家の前でばったり鉢合わせてしまった。

一番は慌てることなく、背筋をぴんと伸ばして、母に深々とお辞儀をした。娘さんとお付き合いさせていただいている、道沢一番と申します。

母の方が戸惑った表情をしていて、ぎこちない挨拶を交わし合うと、一番は帰って行った。その車が角を曲がって見えなくなったとき、母がぽつりと言った。

「ずいぶん、いい男じゃない」

そうかな。私は答える。

「捨てられないようにしなさいよー」

茶化した物言いで笑うと、母は家へと入っていった。後ろ姿がどこか上機嫌のように見えたのは勘違いではないだろう。その頃、私は二十九の歳に差し掛かった頃で、周りは次々と結婚をしていった。そんな中、男の影すら見せない娘に、母はやきもきしていたに違いない。けれどそれは私も同様だった。正直縁遠いだろうと思っていた同性の友人からも結婚式の招状が届いて、私は内心焦っていた。

また置いていかれる。また、周りと違う方向を向いてしまう。

結婚という言葉を聞いて、真っ先に思い浮かぶのは当然、一番の願だった。でも、周りがしているからという理由で、結婚を選ぶのは彼に失礼ではないかと思った。何せ、私は彼を愛してなんていないのだから。

色々考えて、頭を悩ませて、結果、考えるのはやめにした。もしかしたら二人の間にその二文字が出てくる日も来るかもしれない。でも、それはそのときに考えたらいい。

そうやって先のことを見ないようにして、逃避して、日々を過ごしていた。そしてそれは、唐突にやってきた。

「よかったら、来月俺の実家に一緒に来てくれないかな」

思わず言葉に詰まった。電話越しに動揺を悟ったのか、取り繕うような声が聞こえてくる。

「あんまり重く受け止めないでほしいんだ。そんなに特別な意味はなくて」

言い訳めいた言葉が続く。だけど、はいそうですか、なら喜んで行かせていただきますとはならない。付き合っている恋人の親に会う。ただの挨拶以上の何かがあるとしか思えない。

でも、もしかしたら。楽観的な自分の声が聞こえてくる。本当にただの挨拶で終わるかもしれない。本当に一番は、私を親に会わせたいだけなのかもしれない。そもそも、会ったその日に結婚の話が出るとも思えない。

一番の必死な声色もあって、私は一番の実家に行くことを決めた。

どんな格好をしていくか、悩みに悩んで、無難に薄手でベージュのブラウスに白のスカートを合わせることにした。ネイルは全部剝がし、化粧も抑えめにした。吐きそうなくらい緊張していたが、私よりも体を強張らせている一番を見て、ちょっと気は楽になった。

一番の実家は駅から七分ほど歩いたところにある、縦長の家だった。小さいけれど庭もあり、車庫もあり、立派な家だ。古くて狭い我が家とは大違いだった。

まず、一番のお母さんが出迎えてくれた。スリムで綺麗な人だった。貞淑という言葉が似合う人で、時々一番の方に走らせる視線で、息子のことを愛しているんだなということが分かった。

リビングにはお父さんとお兄さんがいた。一番の話だとお父さんは、厳格で亭主関白のイメージだったが、思ったよりもずっと穏和で優しそうな人だった。一番はお父さんと話しているときが最も緊張しているように見えた。

お兄さんはあまり喋らない人だった。お父さんに雰囲気が似ていたが、性格は全然違うようだった。兄弟で話すこともほとんどしておらず、仲が良いのか悪いのかも分からなかった。

そうか。この人たちに囲まれて、一番は生きてきたのか。この人たちが、一番にとっての臓器なのか。そう思いながら、妙な感慨深さに浸っていた。

その一言が、お父さんの口から放たれるまでは。

「それじゃあ一番とは、結婚を前提にお付き合いしているという認識でよろしいですか？」

向けられたその問いに、私は答えることができなかった。必死に上げ続けていた口角が、ゆるゆると下がっていく。

どうすれば、何て答えれば。正解が分からない。どんな答えを口にしても、正しくない気がした。場がしんと静まり返る。何か言わなければ。嘘でもいいから、そうですと笑って頷かなければ。なのに表情は凍り付いたまま動かない。

沈黙を破ったのは、一番だった。

「俺は、考えてるよ。結婚したいって思ってる」

ほっと、空気が緩む。「そうか」とお父さんも、笑みを浮かべている。私だけが一人、凍り付いたままだった。

本当に、一番は私と結婚したいと思っているんだろうか。やはりそのために私をここに連れてきたんだろうか。それとも、あの場を凌ぐために咄嗟に口にしただけなのだろうか。

帰るまでの時間、ずっとそのことが頭をぐるぐると回っていた。帰りの電車を待つホームで、つい言ってしまった。

「でもね、お父さんにはちょっとびっくりしたかも」

その言葉だけで、一番には伝わったようだった。ほんとごめん、と頭を下げてくる。

「ううん、驚いただけ。……その後の、番ちゃんの答えにも驚いたけど」

「あ、あー。あれ、あれね。うん、そりゃそうだよな」

忙しなく両手を擦り合わせている。私はその仕草をじっと見つめる。骨張ってはいるが綺麗で長い指だ。

「ち、千凪」

かさついた声で、一番が私の名前を呼ぶ。私は顔を上げた。強張った一番の顔が目に映る。まもなく電車が参ります。淡々とした声がホームに響く。

「あんな形になっちゃったけど。ちゃんと、じ、事実だから。ちゃんと俺は本当に、思ってるから」

もう何も言わなくていい、それ以上言葉にしなくていいと、私は祈るような気持ちで一番の顔を見つめた。言葉にしてしまったら、取り返しがつかなくなってしまう。なのに。

「だから、千凪。よかったら俺と、結婚してください」

言葉にされてしまった。問われたら、私は答えなければならない。イエスか、ノーか。

一瞬のうちに様々な考えが頭をよぎっていく。結婚。家族を作る。その相手に選んでくれるくらい、一番は私を愛してくれている。でも、私は違う。

でも、だけど、と逆接が駆け巡る。一番と結婚すれば、この漠然とした憂鬱はきっと消える。周りに置いていかれる不安。母からのプレッシャー。自分が、正しい生き方をしていると安心できる。

それに、何より。一番と離れたくなかった。

「ごめんね、一番」

不意に口を衝いて出た言葉だった。だが走る電車の音に搔き消されてしまったのか、「ごめん。

聞こえなかった」と一番が聞き返してくる。

「こちらこそ、よろしくお願いします」

私は答えた。顔を見せたくなくて、やってきた電車に先に乗り込む。シートに腰掛けると、一番も隣に座ってくる。

「ほ、ほんとに？　ほんとにいいの？」

声が高くなる一番に、私は苦笑しながら人差し指を唇に当ててみせる。一番は赤くなって口を手で押さえた。

「うん。もちろん」

私の答えに、一番がゆっくりと両手を外した。唇が微かに震えていた。言葉を探すように口を何度もぱくぱくとさせて、小さな声で言った。

「ありがとう。本当に、ありがとう」

喜びが抑えきれない様子で、彼は隣でそわそわと奇妙な動きを繰り返していた。私は胸が苦しくなる。

一番でなくても、本当は良かったのかもしれない。ただ、誰かが隣にいてくれていることに、慣れてしまった。一生ひとりでいいと思っていたのに。ひとりになるのは怖いと思ってしまった。

それは愛情なんかではない。ただのエゴだった。

ごめんね、一番。心の中でもう一度繰り返す。

家に帰るや否や、一番は私を抱こうとした。今日は本当に嫌だった。こんなぐちゃぐちゃの気持ちのまま、劣情を受け入れられる気がしなかった。

それでも一番はお構いなしに私を抱き締めてくる。ベッドに誘い、押し倒す。私の肌に触れ、あちこちにキスをしていく。

その仕草があまりにも優しくて、私は罪悪感に押し潰されそうになった。もし、一番と結婚することになったら。私は一番を一生騙し続けながら傍にいることになる。これから何度嘘の愛の言葉を吐くことになるんだろう。何度彼の愛情を裏切り続けることになるんだろう。

私は泣いていた。こんなときに泣いちゃ駄目だ、と言い聞かせるほど、涙と嗚咽が止まらなくなる。気付いた一番が私の上から飛びのき、慌てて謝罪の言葉を繰り返してくる。違う。違うのに。本当に謝らなきゃいけないのは、私の方なのに。

いつの間にか、泣き疲れて眠ってしまっていたようだった。ふと目が覚めると、窓の外はまだ薄暗かった。隣では、一番が私の手を握りながらすやすやと寝息を立てている。ゆっくりその手を引き抜くと、枕元にあるスマホを引き寄せた。朝の五時前。日曜にしては早すぎる起床だ。

もう一度目をつむるが、眠気は来ない。何も考えたくないのに、頭は勝手に思考を始める。

一体どうしてなんだろう。どうして、私は誰も愛することができないんだろう。

確かに一番をはじめ、好きな人たちはいる。大事にしたいとは思う。でもそれはきっと、世間の言う恋愛とは全く違うものだ。自分だけのものにしたいとか、その人にずっと触れていたいとか、そういった欲求は一切ない。

みんなはその感情を当たり前のように抱いている。この人さえいれば他には何もいらないと、本気で思っている。

私は目を開き、もう一度スマホを手元に引き寄せる。ブラウザを開いて、検索欄に文字を打ち込む。「人を好きになれない　どうして」。

ずらりと検索結果が並ぶ。ネットの質問コーナー。私は高校生ですが、人を好きになったことがありません。どこかおかしいんでしょうか。返事も書いてある。まだ若いんですから、これからです。きっといつか好きな人が見つかりますよ。

私もそう思っていた。いつか好きな人ができる、だってみんなできているんだから。でも、何年待っても、そんな人は現れなかった。

まとめ記事もいくつかあった。人を好きになれない原因とは。様々な理由がずらずらと書かれている。他人に興味がない。一人でいるのが好き。過去の恋愛にトラウマがある。

どれも当てはまらない。しっくりこない。うまく言えないが、こういうんじゃない、とその記事を書いた奴に叫んでやりたくなる。明確な理由があるわけじゃない、もっと漠然とした、根本的な——

そんなとき、ある文字が目に入ってきた。

アロマンティック・アセクシャル。

聞きなれない言葉だ。まるで呪文(じゅもん)のようだ、と思った。私はその言葉の説明を目で追っていく。

アロマンティック。他者に恋愛感情を抱かない人、またはその指向。アセクシャル。他者に性的欲求を抱かない人、またはその指向。両方の性質を持つ人もいれば、片方だけの人もいる。

読んでいくうち、頭の中がどんどんとクリアになっていく。そこに書かれた文字たちが私の中にするすると落ちていく。

これは、私だ。私のことを書いている。

同じ語句で検索する。更に詳細な内容、体験談、それらを扱ったメディア作品。夢中で読み漁(あさ)る。私だけじゃない。私だけじゃなかったんだ。

いつの間にか窓の向こうは白んでいて、カーテンの隙間から光が柔らかく零(こぼ)れていた。

スマホを見ながら寝落ちしてしまったようだった。また目が覚めると、昼前になっていた。熱を持ったスマホをベッドに放り、抜け出して洗面台へ向かう。顔を洗っていると、隣に一番の気配を感じた。タオルで水気を拭きながら顔を上げると、一番がどこか不安げな顔で立っていた。

「番ちゃん。おはよ」

私が声をかけると、ほっとした表情を浮かべる。

「ん。おはよう」

いつも通りの朝だ。昨日のことが何もなかったかのように。いつものように朝食の準備をして、いつものように食事をしながら、いつものようにどうでもいい話をする。少し違うのは、私の目が腫(は)れていることくらいだ。

何も変わらぬ日々。穏やかで安らかで。私が一番を騙し続けていれば、この日常が壊れることはない。一番が傷つくこともない。何より、二人で一緒にいることができる。それはきっと、私と彼、二人の望みだ。

でも。本当に、それでいいんだろうか。

「あのね、番ちゃん。番ちゃんに謝らないといけないことがあるの」

脚の上に置いた手で、膝を摑む。一番が、トーストを齧ろうと大きく開けた口を、ゆっくりと閉ざす。

「私、やっぱり番ちゃんと結婚できない」

一番が目を見開く。何か言いたげに唇は忙しなく動いたが、潰れたような声で「どうして」とだけ呟いた。

「ごめん、本当にごめん。番ちゃんが、もし、結婚をして、家庭を作りたいって言うんなら。その相手は、私じゃない方がいいと思う」

一番の顔が見られない。思わず俯いてしまう。きっと彼は傷ついているだろう。でもこれから私の言うことで、更に深く傷つくことになる。

それでも私は伝えなければならない。もうこれ以上、一番に嘘をつくことはできない。

「私、番ちゃんのこと、好きだよ。でも、愛してない。愛してると思ったことは、今まで一度もない」

私たちの間にだけ、沈黙が流れた。テレビからはタレントたちの馬鹿騒ぎが流れている。場違いなくらいの明るさに、なんとなく救われているような気がした。

「わ、分かんないよ」

一番が言葉を発した。私は顔を上げる。トーストを右手に持ち、さっきと同じ格好のままで私を見つめている。

「好きだけど、愛してないとか。どう違うの、それ」

「えっと……なんて言えばいいんだろう」

椅子に座り直す。足の裏がフローリングに吸い付いて、ぺたっと音がした。

「全然、ドキドキしないの。手を繋いでも、抱き締め合っても、一緒に寝てても。全然ドキドキしない。鼓動が高鳴らない。そんな感じ、かな」

一番は呆然とした表情で、けれどようやく自分がトーストを手にしたままだと気付き、皿に置いた。指先についたパン屑を叩いて落としている。それでも取りきれなかったのか、手を伸ばしてティッシュを取ると、指を拭っている。どんな言葉を口にしていいか分からなくて、忙しない仕草で間を持たせようとしているように見えた。

「アロマンティック・アセクシャルっていうんだって」

覚えたばかりの言葉を口にする。もしかしたら知っているかも、と思ったが、一番はぽかんとした顔で私を見つめていた。

「アロマ……え、何?」

「アロマンティック・アセクシャル」

訊き返してきた一番に、ゆっくりと一文字ずつ返していく。聞き慣れないその言葉を拒絶するかのように、彼は眉を顰め、唇を固く閉ざしている。

でも私は違った。この言葉を目にしたとき、安心感に包まれた。この悩みが、苦しみが、自分だけが持っているものじゃなくて、なんなら案外普遍的で、こんな名前までついていて。肯定してもらえたような気持ちになったのだ。

「アロマンティックは他人に恋愛感情を持たないこと。アセクシャルは、他人に性的欲求を抱かないこと。ざっくり言うと、そういうこと」

「千凪が、そうだってこと?」

私は頷く。そして、頭を下げた。

「今まで、騙してて、ごめんなさい」

ああ、これでもう終わったのだ、と思った。平穏な日常も、誰かが傍にいてくれる日々も。

もうこれで、全部おしまい。

3

家具も人の気配もない家。僕は部屋の中を見回す。薄いグリーンの壁紙、備え付けのクローゼットと食器棚。綺麗に掃除されていて、埃一つ落ちていない。カーテンのない大きな窓からは、橙色の西日がくっきりと落ちている。

スリッパでフローリングを叩きながら、窓の方へ向かう。開けて、ベランダを覗き込む。眼下に小さな公園が見えた。子供たちが一輪車で遊んでいるのが見える。

「公園」

隣から小さく声が聞こえてきた。横を見る。千凪が立っている。

「公園あるんだね」

「ね」

短い会話を交わしていると、今度は後ろから声が聞こえてきた。

「確かにおやすみの日などは賑やかですが、それほど気にはならないと思いますよ！」

振り向くと、スーツの男がにこにこと笑みを浮かべている。

「日当たりもいいですし、立地的には最高だと思いますよ。将来お子さんができたときにも、公園が近いと何かと便利ですしね」

ぴく、と口元が痙攣した。何と答えようか迷っていると、「そうですね」と千凪が笑みを浮かべて同調する。何の違和感もない声と笑顔。きっと何度もそうやって繰り返してきたのだろう。

今までの僕だったら、なんて答えていただろうか。

確かに、子供ができたらこの公園の近さはありがたいかもしれないです。ね、楽しみだね、千凪。そうやってはしゃいでいたに違いない。その言葉が千凪にとって棘だと知らないまま。

アロマンティック・アセクシャル。まるで呪文のような言葉を初めて耳にしてから、そろそろ一ヶ月が経とうとしていた。

今まで騙しててごめんなさい。あの日、千凪はそう言って頭を下げた。

頭の中はぐちゃぐちゃで、訊きたいことだらけなのに、何をどう問い質していいか分からない。怒りはない。悲しみもない。ただただ絶望だけだった。自分が愛している人に、同じように愛してくれていると信じていた人に、愛されていなかった。

「ごめんね、いきなり。訳分かんないよね」千凪が自嘲的な笑みを口元に浮かべる。

「わ、訳分かんないっていうか」そんな顔を見たくなくて、僕は俯く。「誰のことも好きにならないとか、そんなこと、あるのかなって……」

「あるんだよ。番ちゃんだって、友達とかのことは好きでしょ？　でも、恋愛的な好きとは違うよね。私にはその、違う好きっていうのが分からないの」

「だけどそれは、相手が男だからでしょ。女の子だったら、俺は恋愛的に好きになるよ」

「番ちゃんはそうなのかもしれないね。でも私にとっては、相手が男だろうが女だろうが、関係なく一緒なの。ただの好きっていう感情しかなくて、それだけ。その先がないの」

「その先って……？」

「この人を独占したい、自分だけのものにしたいとか、キスやセックスをしたいとか、そういったこと。昔の彼氏たちにも同じ。そういうふうに思ったこと、一度もない」

頭を殴られたような衝撃だった。はっきり言って、千凪が今までの恋人たちにどういう感情を抱いていたとか、そういったことはどうでもよかった。ただ今ここにあるのは、僕が一度も愛されていなかったという事実で、それが吐きそうなくらいにつらい。

　僕が千凪に望んでいたことを、千凪はちっとも望んでいなかったのだ。触れ合ったり、抱き締め合ったり、きっと千凪もそれに喜びを感じてくれていると思っていたのに。それはただの、一方的な欲求でしかなかった。

「いきなり言われても、イメージできないよね」

　千凪はそう言うと、ソファの端に転がっていた黄色い熊のぬいぐるみを手に取った。去年、二人でゲームセンターに行ったとき、僕が数千円かけてやっと取ることができたものだ。

「たとえばね。こういうぬいぐるみとか人形にしか、恋愛感情や性欲を抱かない人がいるって、たまに聞いたりしない？」

「あ、ああ、うん。なんか、聞いたことはある」

「番ちゃんは、そういう人たちのことどう思う？」

「どう思うって……」一体何の話だろう、と思いながら答える。「共感はできないけど、そういう人たちがいるっていうのは仕方ないことだと思うよ」

「そうだよね。共感はできないけど、理解はできるよね。私にとって普通の恋愛感情も、そんな感じなの」

　千凪が隅にぬいぐるみを戻す。バランスを崩し、突き出た鼻先がソファの布に埋もれた。

「誰かが誰かを好きになって恋人になるっていうことは、もちろん理解してる。でも、共感はできない。少女漫画を読んでも、ラブストーリーのドラマを観ても、なるほどね、この人たちはこんなに愛し合ってるんだねってことは分かる。でも、感情移入ができなかった。私にとってそれは、ファンタジーとかＳＦみたいなもんなんだよ。勇者やドラゴンが出てきたり、超能力や魔法で戦ったり、そんな次元。自分の生きている中では、全く関係のない世界。それが私にとっての恋愛なの」

意味が分からなかった。それこそ、共感どころか理解もできない。だって僕にとって恋愛というのは身近で、それは素晴らしく美しいものだとあらゆる人たちが叫んでいて、不要なものだとはちっとも思わなかった。

「お、教えてほしいんだけど」

声が震える。訊かなくていい、答えを耳にしてしまえば自分が苦しくなるだけだと思っているのに、尋ねずにはいられなかった。

「千凪は、本当は、ずっと嫌だった？　俺と手を握ったり、キスしたり、え、エッチしたり。恋愛感情のない相手と、そういうことするのって、つらかった？」

「正直言うとね」

千凪が大きく息を吸う。そんな言い出し方をされたら、僕はそれだけで絶望的な気持ちになってしまう。

「本当なら、したくなかった。苦痛で仕方ないっていうわけじゃないけど、快感とか、そういったものは全然なくて。私にとっては、ただの億劫(おっくう)な作業でしかなかった」

その言葉が刃のように突き刺さる。覚悟していたはずなのに、それでもこんなにも痛い。自分の荒い息が、耳元で響いてうるさかった。そうとは知らなかったとはいえ、僕はずっと、ずっと、千凪を苦しめ続けていたのだ。

「その……アロマンなんとかっていうのは、いつ診断されたの？」

「診断とか、そういうんじゃないよ。別に、病気とかそういうわけじゃないの」

千凪が悲しそうな目をしながら首を横に振る。失言だったかもしれないと自分を恥じる。ごめん、と掠れた声で謝るが、千凪の耳に届いたかどうか分からない。

「こんな偉そうに言ってるけど、私もつい数時間前まで、知らない言葉だったの。自分でも、どうして番ちゃんのことが好きになれないのか、分からなかった。そんな状態で結婚なんてしていいのか分からなくて……調べたら、書いてあったの。そういう悩みを抱えているのが、私だけじゃないってこと」

淡々と僕に説明をする千凪の顔は、どこか憑き物が落ちたかのようだった。そのことが彼女にとってどれほどの救いになったのかは、僕には分からない。

「だから……俺とは、結婚できないってこと？」

千凪が頷く。

「自分のことが分かって……もうこれ以上、番ちゃんに嘘つけないって思ったの」

そんなの、そんなのずるくないか。

それならもっと早く言ってほしかった。告白したときに、お前のことなんて好きじゃないと、ふってほしかった。こんなに取り返しのつかなくなるくらい好きにさせておいて、今更、どうしろというんだ。

「い、いやだ」

　喉の奥から絞り出したような声。千凪が唇を噛む。

「嫌だよ。そんなこと急に言われたって、こ、困る。困るよ」

　自分でも嫌になるほど情けない声が出る。喉が詰まって、言葉を発するたびに嗚咽が漏れそうになる。男らしく、もっと毅然としていなきゃと思うのに、うまくできない。こんなところ、父に見られたら叱られてしまう。

「そうだよね。急にこんなこと言われたって、困るだけだよね。ごめん」

　千凪が立ち上がる。僕は見上げる。彼女は目を合わせることなく、汚れた皿を手の中に重ねていく。

「私、今日はもう帰るね」

「え、えっ！　どうして」

「番ちゃんにゆっくり、考えてほしいの。今後のことについて。私も、家で考えておく」

　千凪は、ひたすらに毅然とした態度だった。取り乱したりせず、冷静で理路整然としていて、彼女の中で答えは既に決まっているように見えた。

　このまま家に帰らせたくなかった。もう二度と、千凪に会えない気がした。でもどんな言葉で彼女を引き留めていいか分からない。

　結局何も言えないまま、千凪は残った朝食を捨て皿を洗うと、我が家へと帰っていった。

考える時間は幸か不幸かたくさんあった。それでも結局思考は堂々巡りを続ける。まるで狭い水槽の中を同じ軌道で泳ぎ回る魚だ。

僕は千凪と離れたくない。ずっと一緒にいたい。でもそれは彼女を結果的に苦しめることになる。愛する人のために、自分は身を引く。そんな架空の物語のようなことが、自分の身に起こるとは思ってもみなかった。

でも、そんな自己犠牲精神に溢(あふ)れた主人公たちのようには、僕はなれない。どうしても思ってしまう。別れたくない。一緒にいたい。

ずっとこの繰り返しだ。どちらの選択をしても僕は絶対に後悔する。決められない。

何も答えが出てこぬまま時間が過ぎていく。朝からずっとつけっぱなしになっているテレビには、いつの間にかニュース番組が映っている。

スマホが鳴った。千凪からだ。

出るのに躊躇(ちゅうちょ)してしまう。テーブルの上で、がががが、と耳障りな音を立てる。二回、三回、四回。耐え切れなくなって、手に取って通話ボタンを押す。

「もしもし?」

千凪の声が聞こえてくる。息が詰まる。手のひらがじっとりと汗ばんでくる。それでも、いつまでも狼狽(ろうばい)した姿を見せるわけにはいかないと、「もしもし」と答えた声は問題なく落ち着いていた。

「ごめんね、いきなり。今、大丈夫？」

「あ、うん。大丈夫」

すぐに沈黙が降りる。二人して言葉を探しているような空気が流れていた。「番ちゃんはさ」と口火を切ったのは千凪だった。

「どうして私と結婚したいの？」

「どうしてって」

これだけ言葉を尽くしても、伝わらないのか。ショックなのと同時に怒りも湧いてくる。それともそれが、アロマンティックとやらの特徴なのだろうか。

「好きだからだろ。好きだから、ずっと一緒にいたいんだよ。決まってるだろ」

「それは、結婚っていう形じゃなきゃ駄目なの？」

えっ、と言葉に詰まる。

そんなこと、考えたこともなかった。好きな人と結婚して家庭を築く。それが世の中のルールで、当然自分もそれに従うと思っていた。

「だって、それが普通だから……」

言ってしまってから、しまったと後悔する。慌てて「ごめん。違くて」と否定する。

「いいよ、大丈夫」千凪が小さく笑う。「私だってそう思うから」

「そ、そうなのか」

「うん。普通なんてものはないってよく聞くけどさ。あるよね、普通って。普通はこうすべきだとか、普通はこんなことしないとかさ。そういった普通が自分の中に絶対あるくせに、なんでないふりして綺麗事言えるんだろうなって、ずっと思ってた」

その通りだと思った。僕の中にも、いくつもの普通がある。それから外れた人を疎んだり、軽視したりすることも、正直ある。

「だから私も普通になりたいの。普通じゃない自分は、嫌なの」

「え、えっと。つまり、どういうこと?」千凪の言わんとすることが分からない。もう頭がぐちゃぐちゃだ。

「もし、番ちゃんがいいなら。私が番ちゃんを好きじゃないままでいいなら。結婚しよう」

迷いのない声だった。千凪は今日この時に至るまでずっと悩んで、悩み続けて、そして答えをようやく見つけたのかもしれない。僕を置き去りにしたまま。


惚(ほ)れた弱みに付け込むつもりなの、と千凪は自嘲(じちょう)的に笑っていた。

僕は千凪と一緒にいたい。願わくば、結婚したい。

千凪はその愛には応(こた)えられない。でも、周りと違うことが苦しい。できるだけ普通でいたい。

そんな利害が一致して、僕らが選んだのは「偽装結婚」という形だった。

ドラマや漫画でよく聞く言葉だ。恋愛感情はないが、互いの利益のため結婚したふりをする。

でも僕らには違う点がある。僕だけが彼女に恋愛感情を抱いているということだ。

「愛してないって何度も言ったけど、でも、番ちゃんのことが好きなのは本当。今までと変わらずこのままずっと一緒にいたいっていう気持ちも、本当だから」

千凪は何度もそう伝えてくれた。だけど素直に喜ぶことなんてできなかった。いくら好きだと、必要だと言葉を重ねられても、それは僕の感情と決してイコールではないのだ。気持ちを比べる不等号は僕の方にぽっかりと口を開けていて、それが逆転することはこの先絶対にない。むしろ、言い訳をされればされるほど、彼女の詭弁なのではないかと疑ってしまう。

電話をした翌週の土曜日、僕らは話し合った。「結婚」するにあたって、千凪は二つの条件を提示した。

一つは、自分以外に好きな人ができたら、すぐに別れてほしいということ。

「そんなこと、あるわけないよ」

僕はすぐさま否定したが、千凪は悲しそうに笑った。

「そう言ってくれるのは嬉しいけど。でも、気持ちが変わっていくことって、あるから」

他の女の人とセックスすることも、私に気にせずしてほしいと、千凪は言った。僕はそれも断ったが、そんな言葉を簡単に口にできてしまうことが、僕への愛情のなさを示しているようで、つらかった。

そしてもう一つは、自分に触れることも性生活も、今までと変わらずしてほしい、ということだった。

「できないよ」

僕は首を横に振る。千凪にとって性行為はただの苦行だ。自分の欲望をむやみやたらにぶつけるだけになってしまう。

「番ちゃんは、子供欲しくないの？」

子供、という言葉に胸がざわつく。子供を作るには、当然作るための行為をしなければならない。

「千凪は、どうなの」

質問を質問で返した僕に、千凪が困ったように口角を下げる。

「今は、セックスしなくても子供を作る方法はいっぱいあると思う。でも……私は、欲しくない」

今はそこには何もいないはずのお腹をゆっくりとさする。どうして欲しくないのか、訊くことはできなかった。

正直なところ、僕も子供が欲しいという感情はなかった。自分が子供を持つ、という感覚がない、と言った方が正しいかもしれない。

でもふと父の言葉が蘇ってくる。男は家族を持って一人前なのだと。結婚し、子供を作り、家を建てる。妻も子供も大事にし、愛して、幸福な家庭を作り上げる。それが男が為すべきことなのだと。

それでも今の僕にとっては、千凪と一緒にいることの方が大事だった。子供はいらない、と僕は彼女に宣言する。

様々な条件を重ねて、僕らは結婚することを決めた。一方通行の、打算にまみれた偽装結婚を。

とはいえど、さてそれでは入籍です、というわけにもいかない。互いの親への挨拶、会社への報告。やることは山積している。

とりあえずまず僕らは、二人で住む家を探すことにした。いくつか内見をしているが、未だにぴんとくるところがない。

家を見た後、僕らは口々に言い合う。駅から遠いよね。キッチンがちょっと古めだし狭くない？　ベランダがちょっと汚れてる感じがして嫌だったな。

瑕疵を挙げ連ねる僕らは、まるで先に進むことから逃げているようだった。取り返しのつかなくなることを避けて、どうにか現状に甘んじようとしている。

怖いのだ、結局。自分たちで決めたことのくせに。

千凪から告白されてから、僕はアロマンティックとアセクシャルについて、自分なりに色々調べてみた。体験談、詳細が書かれた書籍、題材にした映画やドラマ。調べて、読んで、観て。まず驚いたのは、僕が思うよりもずっと、世間に認知されているのだということだった。千凪が、自分だけではなかったのだと安心した気持ちが、少し分かった。

本や物語の中で、誰も愛することのない人たちの言葉に触れて、僕は胸が痛くなる。

千凪も、ずっとこうやって生きていたんだろうか。誰にも愛情を注ぐことができず、他人と違う自分を疎み、それでもどうにか人と繋がりたくてもがいている。

千凪がますます愛しくなった。ずっと自らの運命を呪ってきたであろう彼女を抱き締めて、頑張ったね、もう大丈夫だよと撫でてあげたくなる。

でももう触れ合わなくたっていい、抱き合わなくたっていい。本当の家族になんてならなくてもいい。ただ隣で、千凪の最大の理解者として一緒にいられたら、そしてそれで千凪が喜んでくれるのなら、それだけでいい。

　それだけでいいのだと、僕は本当に思っていたのだ。


　今日も家の鍵(かぎ)はうまく回らない。ここ最近はなんだかずっとバタバタしていて、管理人への連絡を先延ばしにしてしまっている。がちゃがちゃとやっていると、内側から鍵が開く感覚がした。ドアが開いて、千凪が顔を出す。

「おかえり」

「ただいま」

「ご飯、もうちょっとでできるから。待っててね」

「おっ、ありがとうー。腹減ったぁ」

　料理の良い匂いが漂うキッチンを背にしながら、僕は寝室に入り部屋着に着替える。

　千凪が我が家に来る頻度は増えた。部屋を決めたり今後のことを話し合ったりしなければならず、必然的に千凪が泊まりに来ることが多くなったのだ。

　こうやっていると、もう既に結婚したみたいだな、と思う。帰ると夕飯ができている。週末には家事を分担して掃除や洗濯をする。僕が思い描いていた理想の夫婦像そのもので、ただ違っているのは、そこに愛情がないということだけだ。

「うおー、うまそー。おぉ、とうもろこしまである」

「スーパーで見かけて、安かったから買っちゃった。美味(おい)しいといいんだけど」

「とうもろこし丸かじりなんて、久しくしてないよ」

「ね。今年は夏っぽいことあんましてなかったから、なんかいいね、こういうの」

千凪と会う時間は増えた。そのこと自体は嬉しいし、日々が賑やかになったなと思う。けれど、以前よりも距離はどうしても感じる。僕は千凪の告白以来、必要以上に彼女の領域に踏み込まないようにしている。

一緒に歩くとき、手を繋がなくなった。行ってきますとただいまのキスをしなくなった。映画を観ながら髪を撫でることをしなくなった。

言ってしまえばたったそれだけのことだ。それだけのことなのに、ぽっかりと体の中心に穴が開いたような気持ちに襲われる。

「ねえねえ、駅のポップアップショップ見た？」

「見た！　チーズケーキ専門店。買ってこようかどうか迷ったー」

「私も！　でもほら、昨日会社で貰ってきた羊羹の残りがまだあるからさあ」

「そうなんだよな。でも明日はリベンジしたい」

いつまでも千凪といたい、と思う。だってそのために僕は、偽物の結婚までしようとしているのだから。

自分に言い聞かせる。千凪のためなら何でもできる。普通の恋人や夫婦の形でなくたって、千凪を支え続けることはできる、と。

でも、同時に思う。いつまでこの空洞を抱えつづけなければならないのだろう。

他愛のない話で笑いながら、じわじわと空虚に蝕まれているのを感じている。

夜寝るときももちろん、僕は千凪には指一本触れなかった。ダブルベッドの端になるべく寄って、千凪と肌が触れ合わないよう、身を縮こまらせて寝ていた。

それでもどうしても、以前の甘い触れ合いが頭に何度もよぎる。千凪の息遣いや小さな寝言、シーツに広がる黒い髪から漂う柔らかなシャンプーの匂い。その体を抱いて味わっていた記憶が、僕を苦しめた。

そんな気を起こさないよう、僕は毎晩風呂で自分の処理をするようになった。頭の中で千凪の裸体や喘ぎ声を描いて、硬くなったものを握って、声や音が漏れないようシャワーを流したまま果てる。吐き出した液体が、お湯と共に排水口へぬるぬると落ちていくのを空虚な気持ちで見つめている。

そうやって自分を鎮めていても、夜に千凪の隣で寝ていると、勝手に反応してしまうことがある。そうなってしまうと、我慢ができなくなり、眠りに就けなくなる。

だから僕は、息を潜めてその場で自分を慰める。千凪の寝息を聞き、シャンプーの匂いを嗅ぎながら。千凪にばれないように密かに、声を押し潰し、ベッドを汚さぬようティッシュを何枚も重ねたものを押し付けながら。

全てを終え、濡れた先端を拭いながら、僕はいつも情けなくなる。どうしてこうなんだろう。どうして僕は、自分の中にある性欲すら飼い慣らすことができないのだろう。自分の中に確かに存在する、男という性が本当に疎ましくなる。

醜いことに、僕には打算があった。こうまでしてあからさまに千凪の体に触れることを忌避していれば、千凪の方から言ってくるのではと思っていた。

ごめんね、番ちゃん。私のために、私に触れないようにしてくれてるんだよね。もういいよ、そんなこと、気にしなくて。番ちゃんの好きなようにしていいんだよ。

もし、そう言ってくれたら。僕はまた、千凪を抱き締めることができるかもしれないと。

でも千凪は何も言わなかった。僕が手すら握ってこようとしないことに、当然気付いていないはずがない。つまり、千凪は安堵しているのだ。僕に触れられることのないこの生活に。打ちのめされるような思いだった。

愛する人に愛されないのならば。愛する人を害してしまうだけなのならば。男になんて生まれなければよかった。

柳瀬が以前言っていた言葉が脳裏に蘇る。女になりたいわけじゃないけど、男でいたくない。あのときはさっぱり理解できなかった。まさか今になって、共感するようになるだなんて。

女になりたいわけでも、自分の体に違和感を抱いているわけでもない。ただ単純に、男であることが嫌だった。

ある日、頭の中で何かが弾けるような感覚があって、飛び起きた。

下腹部の辺りが、じっとりと湿って冷たい感触に覆われている。布団を撥ねのけ、下着の中を確認する。黒のボクサーパンツの中に、べっとりと白濁した液体が付着していた。

最悪だ。舌打ちしたい気持ちを堪え、隣に寝ている千凪を起こさないようにしながら、ベッドから這い出る。

洗面所へ行き、ズボンと下着を脱ぐ。幸いズボンにまでは染みていなかったようだ。お湯を出し、脱いだパンツをその流れに浸す。布地が水気を吸って、一気に質量を増す。そのまま両手で揉み込むようにして白い汚れを洗い流す。下半身を丸出しにして、汚れた下着を必死に洗う姿は、傍から見たらひどく滑稽に違いない。

男という生き物は、こんなにも情けない。

濡れたパンツを、ぎゅっと強く絞った。

台風が来ている。

ニュースの通り、朝からの荒れ模様は更に激化し、交通機関も次々と動きを止めているようだった。案の定僕の使っている路線も運休し、帰宅の術がなくなってしまった。

定時過ぎ、とりあえず天気が落ち着くまでの時間潰しに、急ぎではない仕事をこなしていると、他の社員が雑談をし始めた。その中には柳瀬の姿もある。

「外ヤバいな、これ今日帰れんのかな」

「なんかニュースによると、夜十時頃には弱まるみたいですよ」

「あと四時間弱かー。こういう状況になると何故か、仕事のやる気ってなくなるんだよなあ」

「分かります。せめて繁忙期に当たってくれればいいのに」

「やる気出ないし、飲み行きません？　部長」

「お、いいですね！　どうせ電車動いてないですしね！」

「なんだよ、お前ら仕事は大丈夫なのかよ」

「こんな大荒れな天気じゃ落ち着いて仕事なんてできませんてー」

四人はわいわいと騒ぎながら飲みに行く算段を立てている。この人たちは、本当に酒を飲むのが好きだ。今日飲みに行きましょうよ。今から一杯どう？　僕も酒は嫌いではないから、なるべく付き合うようにしてはいるが、柳瀬のように気の許せる相手とだけ飲む方がよほど気が楽だ。

そもそも解せないのが、柳瀬と後輩の西田以外の二人は既婚者なのだ。課長なんて、最近子供が生まれたばかりだ。それなのに、「今から酒を飲もう」という誘いをほとんど断ることをしない。家で夕飯を作って待っているはずの妻は、父親の帰りを待っているはずの子供は。家族のことを蔑ろにしてまで、果たして参加する意義のある飲み会なのだろうか。

「イッチーも行くだろ？」

柳瀬が問いかけてくる。今日は家に千凪は来ない日だ。飲みたい気分でもなかったが、家に一人でいても最近はひたすらに色んな事を考えてしまうだけだ。気を紛らわせることくらいにはなるかもしれない。「うん、行くよ」と僕は答える。

まだちらほらと人の残っている会社を抜け出し、すぐ近くの居酒屋へと駆け込んだ。傘は差してはいたものの、少し歩いただけで体がぐっしょり濡れるほどの大雨だった。雨粒を全身から滴らせる僕らを見て店員が露骨に眉を顰めたが、気にする素振りもなく西田が「五人です！」と手をパーの形にしてみせた。

　席に着くなり、おしぼりを持ってきた店員に課長が「ビール五つ」と注文する。間もなくしてビールがテーブルの上に並べられる。西田がジョッキを高々と掲げた。

「それじゃあ、かんぱーい！」

「かんぱーい」と声を合わせてジョッキを合わせる。

　会社の飲み会の話題は、大抵いつも同じようなことだ。まずは会社の愚痴。この場にいない社員の悪口、減らない残業、低い給料。当然改善策が挙げられたりするような生産性など欠片もなく、ただただ悪口を言いたいだけで、僕はとりあえずそうですよねと迎合してみせる。

　次は野球の話。あの投手がどうとかあの球団が勝ったとか負けたとか、知らない人物名や単語が飛び交って、全く詳しくない僕は、いよいよ何も言葉を口にすることができなくなる。ただ笑みを浮かべ、何も分からないくせに首をあかべこのように揺らしている。

　やがて酔いが回る頃になると、異性の話になっていく。

「で、その女めっちゃブスだったんですけど。でもめっちゃ巨乳だったんですよ！」

　西田が合コンで「お持ち帰り」した女の子の話を嬉々として語る。何が面白いのか、柳瀬が手を叩いてげらげらと下品に笑う。部長が興味津々に話を促す。

「俺、頼み込んでパイズリしてもらいましたもん。初パイズリ、感慨深かったっす」

「でもパイズリって言うほど気持ちよくなくない？」

「さすが柳瀬さん、よく分かってる。そうなんですよ、意外とあれ？　こんなもん？　って」

「いやいや、あれは視覚を楽しむもんなんだ。自分のがおっぱいに飲み込まれてる！　っていう状況に興奮するんだよ」

　課長が赤い頬でにやにやと笑う。普段は穏やかで紳士的な彼も、酒が入るとこういった話題に嬉々として食いついてくる。

「おっ、さすが課長。巨乳の奥さんがいると言うことが違いますねー」

「え！　課長の奥さん、巨乳なんすか⁉」

「巨乳だし、フェラがうまいって噂だよね」

「ちょー、部長、変な噂鵜呑(うの)みにしないでくださいよー。まぁ確かにめっちゃうまいですけど！」

下品な単語が大声で飛び交う。僕はどうにか口角を上げながら、二杯目のビールで唇を湿らせる。

気色が悪い。彼らの会話が耳に入ってくるにつれ、不快感で吐き気が押し寄せてくる。

まるで異性を性的に消費する相手としか思っていないような言い回し。蔑称(べっしょう)の如く「女」と吐き捨て、容姿や体形を揶揄(やゆ)する。女子社員のランク付け、過去の相手との行為の暴露、昔誰それに告白されただの言い寄られただのの自慢話。どれもこれも胸糞(むなくそ)悪い。

　でも何より胸糞悪いのは、今まで何の疑問もなくその会話に参加していた自分だ。

　今までしたセックスの回数。セックスのテクニック。初体験の早さ。どんな異性としたか。何人の異性としたか。持久力。耐久力。ペニスの大きさや硬さ。そんなことを誇り、ひけらかし、悦に入る。それが男らしさというのなら、僕は男なんてものは糞食らえだと思う。

「道沢くんも彼女いたよな？　どうなの、どんな子なの」

部長が話を振ってくる。千凪の話題は、会社ではほとんど出したことがない。「普通の子ですよ」と曖昧(あいまい)に返す。普通か、と心の中で自嘲する。

「それだけってことないだろー。なんかあるだろ、他にも」

「そうそう！　可愛い系とか、キレイ系とかー、胸のサイズとか！」

課長と西田の酔いきった声に何と答えようか迷っていると、横から柳瀬が「それよりも！」と割り込んできた。

「俺、最近好きな子できたんすよ！　俺の恋バナ聞いてくださいよー！」

その一言で、話題は柳瀬が中心になる。僕はほっと胸を撫で下ろす。

柳瀬の恋愛話をぼんやりと耳にしながら、すっかり泡の消えたビールを喉へと流し込んだ。

十時を過ぎる頃になると、雨脚はだいぶ弱まっていた。ここは俺が出すから、という部長に僕ら四人は頭を下げ、店を出る。

千鳥足で騒ぎながら歩く部長と課長と西田の後ろ姿をぼんやりと眺めていると、「おい」と柳瀬から声をかけられた。

「イッチー、どうしたんだよ。気持ち悪いのか？」

「え？　いや、大丈夫だけど……」

「ほんとか？　飲み会中、ぼーっとしてるっていうか、なんか心ここにあらずって感じだったから」

柳瀬が背中をさすってくる。大きくてぶ厚い手が温かい。

「ちょっと飲みすぎたかな。でも大丈夫、ありがとう」

ならいいけど、と赤い顔を歪めて腕を組む。酩酊状態ではないが、頭の中がぐるぐるとして落ち着かないのは確かだ。無理して吊り上げている口角が引き攣る。

「そういえば、柳瀬、好きな人できたんだな。びっくりしたよ」

柳瀬の眉がへにゃりと下がった。「まあね」と覇気のない返事だ。

「なんだよ。もっと浮足立ってるのかと思ってたけど」

「いやさあ、そりゃさっきはめっちゃ浮かれてるみたいには話したけどさあ。片思いなんて、楽しいもんでもないじゃん。される方は困るだけだし」

「そうなの？　なんで？」

「なんで、って。好きな人から以外の好意なんて、ただただ気持ち悪いだけだろ」

その言葉が深く突き刺さる。みぞおちの辺りを、ぎゅうっと強く摑まれた気がした。

「そんなこと、ないだろ。好きになられて、嬉しくない人なんて、いないよ」

「道沢くん、それはさすがに綺麗事だよ」ぽんぽん、と僕の肩を叩く柳瀬の手のひらが熱い。

「恋愛感情なんてさ、相互だったら美しいものかもしれないけど、一方的だったらただの暴力なんだから」

そうか、と細く返事をするので精一杯だった。呼吸が浅くなる。体内を駆け巡るアルコールは、もうとっくに抜けきっていた。

土曜日。台風は通り過ぎ、空は真っ青に塗り潰され、子供が描くような大きな雲が中央にそびえていた。寝室で服を着替えている僕に、千凪が話しかけてくる。

「もう出る？」

「うん。行ってくる」

「私も今日飲み会だから、たぶん遅くなると思う」

「おっけ。気を付けてね」

今日は実家へ行く日だ。家族に会うのは、千凪を連れていったとき以来だ。髪を整え玄関へ向かう僕の後を、千凪がついてくる。

「じゃあ、行ってきます」

「うん。……お父さんたちによろしく」

玄関先で千凪が手をひらひらと振る。僕も手を振り返す。外に出てドアを閉めると、がちゃんと鍵をかける音が部屋の中からした。

まだ暑さは残っているが、夏は確実に終わりへと近付いていた。暴力的な日差しはだんだんと鳴りを潜め、太陽が落ちる時間も日に日に早くなっていく。季節が変わっていく。

実家に行くのが憂鬱(ゆううつ)だった。おそらく千凪の話題が出るだろう。きちんと笑顔のままでいられるかどうか、不安だった。

一時間半かけて実家に着く。家に入って開口一番、母から言われてしまう。

「あら、千凪さんは一緒じゃないの？」

靴を脱ぐ手が強張る。「一緒じゃないよ」と返す語気が強くなってしまった。

「そうなの。またいつでも連れてきなさいね」

母の後ろについて、リビングへ向かう。相変わらずのまっすぐな背の角度で、父がソファでテレビを見ていた。

「ただいま、父さん」

父がゆっくりと顔をこちらに向ける。

「おかえり。なんだ、千凪さんは一緒じゃないのか」

父までが同じことを口にしてげんなりしてしまう。母とは違い妙な圧力を感じる。まるで責められているみたいだ。

「そんな頻繁に連れてこないよ。千凪だって暇じゃないんだから」

つい嫌味めいた言い回しになってしまう。父の眼鏡の奥の目が、じっとりと細められた。僕はどきりとして、慌てて付け加える。

「また今度連れてくるからさ。千凪もまた来たいって言ってたから」

「そうか」

薄く笑うと、父はまたテレビに視線を向ける。僕はほっと胸を撫で下ろす。

夕飯はいつものようにいくつものおかずが所狭しとテーブルに並べ立てられていた。僕らは席に着くが、兄の姿は今日もない。

「兄さんはまた仕事？」

僕が尋ねると「そうなのよ」と母が答える。

「なんか納期？　が近いとかどうとかで。忙しいみたい」

「そうなんだ。大変だね」

「安月給で土日返上だなんてな。どうしようもない会社に入ったもんだ」

父が憎々しげに呟く。僕と母は曖昧に笑みを浮かべる。

「勝利は自由にさせすぎた。ろくでもない職に就いて、いい歳して結婚もせずふらふらして。一番、お前がいてくれて本当に良かったよ。お前だけが俺の支えだ」

きっと父にとっての最大級の賛辞なのだろうが、素直に喜べない。「ありがとう」と答えて口に含んだ椎茸の煮物が、何の味もしない。

父は兄のことをよく悪しざまに言う。そしてその後に、必ず付け加える。一番、お前がいてくれて良かったよ。その言葉の裏には無言の圧力がある。お前は俺を裏切るなよ。勝利のように。

僕は知っている。かつて期待を寄せられ、男らしさを望まれていたのは兄の方だった。どんなことにも打ち勝てるように。勝利。


僕が物心がつく前から、兄は色々なことをやらされていた。柔道。空手。水泳。しかしどれもうまくいかなかったらしく、辞めては新しいのを始め、を繰り返していたらしい。幼いながらに、毎日のように沈痛な面持ちで出かけていく兄の姿が記憶に残っている。

兄が中学に上がる頃、僕が小学校二年生のとき。兄は野球部に入った。当然兄の意思はそこになく、父が半ば強制的に決めていた。
さらさらの直毛だった髪をばっさりと切り、丸刈りになった兄は、毎日のように部活に勤しんでいた。肌は真っ黒に日焼けし、くたくたになって帰ってくる兄を、父は嬉しそうに見つめていた。最初は満身創痍だった兄も、だんだんと慣れてきたのか、以前ほどは疲労感を貼り付けず帰ってくるようになった。体力がついてきたんだな、と父は兄の頭を撫でていて、僕はリビングで寝そべりながらその光景を眺めていた。父は僕には全く関心を示しておらず、ほぼ放任主義だった。厳しいながらも愛情を与えられている兄が、少し羨ましくもあった。

そんなある日、友達の家から帰る途中、公園で兄の姿を見つけた。誰もいない夕方頃、砂場の真ん中でうずくまり制服姿のまま何かをしている。近寄って「お兄ちゃん」と声をかけると、兄の背中がびくんと震えた。

手には野球のユニフォームを持っていた。砂場の砂で汚れている。何をしているんだろう、と思っていると、兄が泣きそうな顔で「誰にも言わないで」と懇願してきた。

ブランコに並んで座り、兄は僕に経緯を説明してくれた。まだ幼い僕が理解できるように、ゆっくりと分かりやすい言葉で。

兄にとってやはり、部活は苦痛でしかなかったようだった。毎日繰り返される筋トレ。炎天下の素振りや球拾い。それでも吐き気を堪えながら、どうにか頑張っていた。

でも本当に地獄だったのは、二年になって本格的に試合形式の練習を始めるようになってからだったよ、と兄は言った。

一球も球を打ち返せない。投げられた球をキャッチすることができない。自分の運動神経の悪さに愕然（がくぜん）とした。確かに、今までのスポーツもうまくいったためしはなかった。それでも一年間頑張って、きっとうまくできるようになっているだろうと思っていたのに。兄は語りながら唇を嚙んだ。

周りの部員は、兄の鈍臭さを笑って許してはくれなかった。ミスをするたびに下手くそと脛（すね）を蹴られ、試合が終わるたびに大声で「誰かさんのせいで散々だったわー！」と叫ばれる。いじめ、という言葉を兄は決して使わなかった。部員たちに対する怒りや恨みはなく、ただただ自分に腹が立つと兄は言った。思う通りに動かない手を、足を疎み、そして何かに勝つどころか、うまくこなすことすらできない自分が情けなかった、と。

そしてある日、ロッカーの中にでかでかと「ハヤクヤメロ」とスプレーで書かれているのを見て、ついに兄の心は折れてしまった。

兄は部活を辞めた。当然、父には内緒だった。代わりに、友人がいる漫画研究部に入部したそうだ。

家族を騙すため、朝練があると嘘をつき、時々朝早く出ては、始業までの時間をホームのベンチで漫画を読みながら潰していた。帰る前にはユニフォームを公園の砂で汚し、さも部活に勤しんできたかのようにして洗濯機に放り投げていた。そんなとき、僕が通りかかってしまったそうだった。

「イチ。絶対内緒にしてね。こんなこと、父さんにバレたら殺される」

僕はこくんと頷く。確かに父が知ったら、どんな剣幕で怒るのか想像もつかなかった。

兄のことは好きだった。兄はたくさん漫画を読んでいて、こんな話があるんだよと噛み砕いて僕によく教えてくれた。そんな兄が、父に叱られる姿は見たくなかった。

けれど、ある日。家から帰ると、リビングから父の声が聞こえてきた。

「野球頑張ってるだなんて、よくも堂々と言えたもんだな、お前は」

静かな声だった。でもいつもより低く威圧的だった。僕は自室に向かわず、ドアのガラス部分からこっそりとリビングの様子を窺った。いつもの席に父と母、兄が座っていた。兄は俯いていて、その表情が見えない。

「お前は、何を頑張ってるんだ？　何が大変だったんだ？　薄汚い部室の中で、くだらない漫画を読みながらだらだら駄弁るのが、そんなに大変なのか。何ヶ月も父さんや母さんを騙して、罪悪感はなかったのか？　悪いことをしているって思わなかったのか。父さん、いつも言ってるよな。嘘をついたり、約束を破ったりする人間は最低だって。お前は今、最低なんだよ。平気で嘘をつきながら、へらへら笑ってる最低の男が自分の息子だって思うと、父さんは最悪の気分だよ」

父が鋭い言葉で兄を詰る。ばれたんだ。僕は理解した。兄が部活を辞めたことが、父にばれてしまったのだ。

兄はさっきから俯いたままだ。よく見ると、肩が小刻みに震えている。もしかしたら、泣いているんだろうか。自分の兄が涙を流しているという事実に、幼い僕は打ちのめされていた。

「泣くんじゃない！」

父が叫んだ。僕は思わずびくりと体を跳ねさせる。

「男のくせにべそべそ泣くな。言いたいことがあるならちゃんと言いなさい」

声を荒らげたかと思えば一転、穏やかな声色で兄を問い質す。兄はしゃくりあげながら、絞り出すような声で言った。

「ごめん、なさい。ごめんなさい。野球、もう、やりたくないです」

父が溜息をついた。長く深く、体の中の空気を全て追い出すような大きな溜息。

「逃げるんだな、お前は」

驚くほど冷たい口調で言い放った。辺りがしんと静まり返る。

しばらくの沈黙の後、父は兄に「部屋に戻りなさい」とだけ言った。兄はゆっくりと立ち上がり、廊下へと向かってくる。僕は慌てて自室へ戻った。

後を追うようにして、兄が部屋へと入ってくる。目が真っ赤だった。僕は兄のもとへ駆け寄る。

「お兄ちゃん！　僕、お父さんに何も言ってないから！」

これだけは言わなくては、と思ったのだ。父に罵られた兄が、お前がチクったんだろと僕を責めるかもしれないと考えて。けれど兄は僕の頭を撫で「分かってるよ」とだけ言い、二段ベッドの上に登り、布団に包まってしまった。

僕はあのときのことを少しだけ後悔している。いくら子供だったとはいえ、兄にかけるべき言葉はもっとあったのではないかと。

そして、あの日見た兄の泣く姿と、父の冷ややかな視線は、未だに忘れることができない。

あの日から、父は兄への興味を失った。部活も高校も大学も就職も、決して口出しすることはなく、ただ裏で僕や母に「あんなところを選ぶなんて」と文句を言っていた。

取って代わるように、今まで関心を示そうともしなかった僕に色々なことをやらせたがるようになった。幸い僕は運動神経に恵まれていたので、兄のお下がりのバットやミットで始めさせられた野球は、楽しかったしうまくやれていた。その頃から、兄と会話することがどんどん減っていった。

僕は兄とは違い、父の要望に足る息子だった。父の喜ぶ顔を見る度僕も嬉しかったが、同時に怖かった。

もし、もし父の期待を裏切ってしまったら。兄に向けられている鋭い視線、心ない言葉、冷ややかな態度。それらが全て、僕にも注がれることになる。

父は千凪との結婚を喜んでくれた。それが駄目になったと知ったら、どんなに落胆するだろう。お前はきちんとした結婚すらまともにできないのか。そう冷たく言い放つ父の姿が、容易に想像できてしまう。

言えない。言えるわけがない。

千凪は僕に訊いた。一緒にいたいっていうのは、結婚って形じゃなきゃ駄目なのかと。

認めざるを得ない。結局僕は、父に落胆されたくなくて、結婚という道を選ぼうとしている。

結婚して、家庭を築いてこそ、男として一人前だ。そんな父の言葉に縛られている。

「千凪さんは元気なのか」

千凪との結婚について考えを巡らせているときに、父の口からその名前が出てきて思わずどきりとする。

「ん。まあ、元気だよ」

「そうか。ならよかった」

「お父さん、千凪さんのこと結構気に入ってるみたいよ」

母がにこにこと報告してくる。安堵すると同時に、やはり言えない、という思いが強くなる。

「まあ、結婚するならああいうタイプがベストだろうな」

「ああいうタイプって？」僕は尋ねる。

「明るくて気が利いて、器量はそれほど良くなくて、地味。そういうタイプだ」

一瞬、何を言われたのか理解できなかった。箸を持つ手が止まる。

「ど、どういうこと？」

「どういうことってなんだ。そのままの意味だよ」

千凪のことをけなす言葉が、父の口から吐かれた。あまりにも突然すぎて、僕は何も言えなくなる。横の母が見かねて「ちょっと、お父さん」と窘める。

「本当のことだろう。彼女はいい子だが、容姿は十人並だ」

「やだな、やめてよ、父さん」

顔が自然と引き攣った笑みを浮かべる。自分の彼女が馬鹿にされている。そんな状況にもかかわらず、笑顔を作っている自分が心底嫌になる。

「俺にとっては、千凪は可愛い彼女なんだからさあ」

おどけたように肩を竦めてみせる。父が、ふっ、と鼻で笑う。

「一番がそれでいいならいいけどな。お前なら、もっと釣り合う子がいるだろうに」

不満気に吐き捨てる父に、いよいよ何と言っていいか分からなくなる。母ももう何も口を出さず、黙々と食事をしている。

「いいか、今のうちに遊んでおくんだぞ」

「えっ？」

「今のうちに、もっと他の子と遊んだりしておけってことだよ」

「そ、そんな。何言ってんの」

さっきから、父の言っていることがよく理解できない。結婚を控えた息子に投げかける言葉とは到底思えなかった。

「俺たち、結婚するんだよ。そんな、浮気を勧めるようなこと、言わないでよ」

「だから、その前にって言ってるだろ。それまでに後悔がないようにしておけ。結婚すれば、嫌でも一人の女しか相手できなくなるんだから」

棘のある言い回しだ。隣の母は、まるで夫の声が耳に入っていないかのように食事を続けている。

本来ならふざけるなと唾棄すべき発言なのに、僕は何も返すことができなかった。一人の女の人しか相手できなくなる。千凪を選んだということはつまり、もう女の人を抱くことができないということだ。

分かっている。分かっていた。当然僕は理解していて、それでもいいと千凪を選んだ。なのに、本当にそれでいいのかと、僕の中にいる卑しい男が囁く。父の言うこともっともなのかもしれないと、納得しかかっている自分が嫌になる。

いっそ、兄のように見放されていればよかったのだろうか。そうすれば、こんなに父の言葉に思い悩むこともなかったのだろうか。

僕は初めて、兄を羨ましいと感じていた。

最寄りの駅に着く頃になっても、千凪から返事はなかった。もしタイミングが合いそうなら、駅で待って一緒に帰ろうと思っていたのだが。仕方なく家へと向かい始める。

千凪は友人が多い。社交的な性格もあって、いくつものグループに所属しているようだった。今日も盛り上がって、終電の頃帰ってくるのだろう。彼女は楽しげだ。きっと、僕がいなくても。

朝起きて、一緒に朝食を食べて、一緒に出かけて、一緒に帰って。駅を出て、どうでもいい話をしながら、家までの道を並んで歩く。僕は千凪のことを愛していて、それだけで幸福だった。でもきっと千凪は違う。僕のことを愛していなくて、そんな日々なんてちっとも望んでいない。

十二分かけて家に着く。鍵を取り出し、鍵穴に差し込む。相変わらず滑りが悪い。うまく回らない。がちゃがちゃ、と耳障りな金属の軋む音が響く。回らない。がちゃがちゃとうるさい。回らない。うまく動かない。鍵が開かない。がちゃがちゃと鳴る。うるさい。うるさいうるさい。

鍵を、ちゃんと開けることができない。

僕は、鍵を引き抜いて地面に叩きつけた。がしゃん、という音と共にねずみのキャラクターのついた鍵が跳ねる。千凪と一緒に買った金属製のチャームだ。耳の部分が割れ、どこかへ行ってしまった。

僕は蹲り、鍵を拾い上げる。そのまま、動けなくなってしまった。嗚咽が出そうになるのを堪える。駄目だ。こんなところで泣いては駄目だ。口元を手で覆う。

「うぅっ……うううっ、ううっ」

嚙み締めた歯の奥から、声が漏れる。息がうまくできない。呼吸が荒くなる。力を入れた目頭から、涙が溢れそうになって、堪える。誰が見ているわけでもないのに、激しい羞恥心が襲い掛かってきて、僕は顔を隠すようにして体を丸めた。泣くな。泣いたりするな。男だろう、俺は。

唇の中央から唾液が零れ、だらりと糸を引いて垂れる。

自分が情けなかった。千凪に触れなくてもいい、最大の理解者として傍にいられればそれでいいと、本気で思っていたはずなのに。

会社での飲み会の話を聞いて、父の話を聞いて。僕は思ってしまった。このままでは嫌だと。女性の柔らかい体に触れられず、有り余った性欲を一人でこそこそと処理する。同世代の男達がどんな女とセックスしたのかを自慢するのを、爆発しそうな欲望を抱えながら笑って聞く。そんな生活を、これからずっと、永遠に続けていかなければならない。苦痛でしかなかった。耐えられるわけがない。自分がこんなに性欲に支配されるような人間だなんて、思ってもいなかった。

一方で千凪を裏切りたくないという気持ちもある。千凪以外の女の人を抱きたくない。いくら千凪がそれでもいいと言っていても、自分自身が許せない。

矛盾した二つの感情でぎゅうぎゅうに縛られている。一体僕は何がしたいのか。

そんなこと分かっている。僕は千凪に触れたい。触れてもらいたい。触れてほしいと思ってもらいたいのだ。

どれくらい蹲っていただろうか。ようやくまともに呼吸ができるようになる。

大きく息を吸う。鍵を握り締め、ゆっくりと立ち上がる。涎でべとべとになった顔を、シャツの裾で拭う。

鍵を差し込んで、回す。がちゃりと開く音がした。

4

台風が来ている。

朝から降り続いていた雨はいよいよ本降りになって、風も会社のビルの窓をがたがたと揺らすまでになっている。朝のニュースでは、帰宅時間にちょうどピークが重なると言っていたけれど、昼過ぎにはもう既に天気はかなり荒れていた。帰りのことを思い憂鬱な気分のまま仕事をしていると、社長が私たちの働く部署へとやって来た。部長がお疲れ様です、と頭を下げ、そして私たちもお疲れ様です、と唱和する。

「女の子はね、今日はもう帰っていいよ」

社長がぶっきらぼうに告げる。女性社員が口々に「えっ」「でも」などと呟きながらざわつき始める。

「この天気だと危ないから。ほら、早く帰った帰った」

それだけ言い残し、社長は踵を返す。また別の部署へ向かう姿を私は見送る。女性社員の一人が「いいんですかね?」と部長に尋ね、部長が「いいんじゃない。社長が言ってるんだから」と返している。

戸惑った様子を見せてはいるものの、既に私以外の女性社員のパソコンの電源は落とされている。鞄を肩に掛け、気まずさを顔面に貼り付けて頭をぺこぺこと下げる。

「すみません、それじゃあお言葉に甘えて。お先に失礼しますー」

お疲れ様でした、と残された男性社員が声を揃える。

たまにある流れだ。以前は冬だっただろうか。大雪で電車が止まってしまうかもというときだった。そのときも同じように、彼女たちはばつが悪そうなふりをしてそそくさと帰っていった。そのときは何も思わなかったけれど、今日ははっきりと感じた。意味が分からない、と。

交通機関がストップして帰宅できなくなることに、男女の差は果たしてあるんだろうか。自宅が遠い人から帰らせるのならばまだ分かるが、通勤に一時間半以上かけている先輩は文句一つ言わずキーボードを叩いている。なんて馬鹿げたフェミニズムだろう。

私も帰った方がいいんだろうか。仕事はまだたっぷり残っている。リモートで処理できない業務も多い。今日残して帰ってしまうと、結局明日自分の首を絞める羽目になってしまう。

迷っていると、隣の先輩が「まだ帰んないの？」と声をかけてきた。

「あ、すみません。もう帰ります」

「はーい、お疲れー」

パソコンから目を離さないまま、先輩が返してくる。確か、まだ小さなお子さんがいるはずだ。だからと言って、私が残ったところで何の解決にもならない。それどころか、社長からどうして彼女を帰さないんだと先輩たちが怒られてしまう。男だというだけで、ずいぶんと理不尽だ。早く妻子の待つ家に帰りたいだろうにな、と申し訳ない気持ちになる。

パソコンの電源を切り、立ち上がる。「お先に失礼します」と声をかける。「お疲れ様でした」と、男性社員たちがモニターに視線を向けたまま、覇気のない声を返してきた。


自分が男だったら、と最近よく思うようになった。

恋愛ができない。性欲も湧かない。きっと今私が持て余している女としての煩わしさとはまた別種の厄介を、抱くことになっていたに違いない。

そんなことを、女友達の話を聞きながら思う。

「そもそもさ、夜遅くにしか会いたがらない男って、絶対それ目的だと思うのよ」

桜が赤ワインを片手に、マッチングアプリで出会った男について熱弁を振るっている。

「仕事が遅くまでなんですとかさ、そんで飲みましょうとか言ってさ、もう完全にお泊りする気満々じゃん？　ヤリモクじゃねーかよ、っていうね。大体そういう奴に限って下手くそなのよ」

「でも、好みの男だったら喜んでついてっちゃうんでしょー？」

「そりゃーそうよ！　そこはがんがん食いついていかないと！」

結衣の言葉に桜がガッツポーズを作る。私と奈々子が「理不尽すぎる」と笑う。

「でもさあ、イケメンに限って、なかなか手出ししてこなかったりするのよ。こっちはもう準備できてますよー！　いつでもOKですよー！　って状態なのに！」

男というのも大変だ。性欲に任せるまま誘えば、軽蔑される。けれどいつまでも誘わなければ、情けないと馬鹿にされる。相手の建前を見透かし、作り笑顔を見破り、心に秘めた本音を暴き、時には潔く身を引き、時には強引に手を引いて押し倒さなければならない。その絶妙な駆け引きを、大抵の女は男に求めている。

私が男だったら、そんなのうんざりする。それとも、性欲という大きな原動力の為せる業なのだろうか。

「あーあ、私もみんなみたいに早くいい男捕まえたいーー！」

桜の言葉に私たち三人は顔を見合わせて、苦笑する。「いい男ねえ」と結衣が首を捻った。

「えー、晴樹さん、いい人じゃん」

「そうそう。ベビーフェイスで今時の可愛い感じでさ」

私と奈々子が言うと、結衣がわざとらしく渋い顔を作ってみせる。

「可愛いってったって、もう三十五だよ。本人はまだまだいける気でいるのかもしれないけどさあ、男でずっと可愛い感じってのも結構きついよー？　お腹もすごい出てきたし」

「えーなんかショック。子供持つと男も変わってきちゃうのかなー」

桜の言葉に「そうそう。まあ私もやばいんだけど」と結衣が肩を竦める。

「それよりも！　私は奈々子にあんたはどうなのと訊きたいね」

結衣の言葉に、奈々子に視線が集まる。ウーロン茶を片手に「えー？」とわざとらしく首を傾げた。

「いつも酒瓶から片時も手を離さないあんたが、なんで今日はノンアルなのよ！　何かあったでしょ？」

誰もが気付いていながらなかなか指摘できなかったことを、結衣がついに口にした。奈々子がにまーっと笑みを浮かべる。

「まぁー、本当は安定期入るまで黙ってようかと思ったんだけどさー。まあご想像の通り、これになっちゃいました」

奈々子が薬指が光る左手で、お腹の辺りに大きく弧を描いた。わっ、と場が一気に沸き立つ。

「やっぱりー！　おめでとうー！」

「だよね、あんたが酒飲まないなんておかしいと思ったもん！」

「ねえねえ、今何ヶ月なの？」

三人が口々にお祝いを言い、奈々子への質問攻めが始まる。彼女はずっと子供を欲しがっていて、でもできなくて、ようやく授かったのだ。喜びもひとしおだろう。

一頻り奈々子の妊娠話で盛り上がった後、桜がぽつりと言った。

「で？　千凪はどうなの？」

「えぇ、私？　どうなのって、何が」

「何がじゃないでしょ！　一位くんだっけ？　彼とはどうなのよ」

「一番ね、一番。一位じゃなくて。まあ、普通に仲良くやってるよ」

「結婚とか考えてないのー？」奈々子が尋ねる。

「うーん、今のところ話は出てないかなー」

「もたもたしてると、あんなイケメン、すぐによそに取られるよ！」桜が私の肩を叩く。

「そうそう。結婚って意外と悪くないもんよー」結衣がカシスオレンジを呷る。

「えー。私だってまだ遊びたいもーん」

「うわー。こいつ、贅沢！」

桜が大声を上げて、どっと笑いが起こる。私もけらけらと笑う。

一番には、本当に感謝してもしきれない。痛感する。

恋愛も結婚も妊娠も。どんな話も笑ってできるのは、一番がいてくれているお陰だ。一番が、私を「普通」にしてくれているからだ。

二時間制の飲み放題が終わり、私たちは店を出た。子供が家で待っている結衣と、妊婦の奈々子は帰っていった。

「ねえ、まだ飲み足りなくない？」

桜が誘ってくる。スマホで時間を見る。午後八時過ぎ。確かに、いい大人が帰るにはまだ少し早い気もする。いいよと快諾して、私たちは二軒めに向かった。

一軒めよりも大衆的で、安い居酒屋に入る。カウンター席に隣り合って座ると、不愛想な店員にハイボール二つを頼む。

「奈々子、妊娠しちゃったねー」

二度目の乾杯をしてグラスに口をつけるや否や、桜が溜息交じりに言った。

「ねー。でも念願だったから、ほんとよかったよね」

「まあ、それはねー。でもさあ、また気軽に集まれる人がいなくなったなーって正直思うわー」

確かに桜の言う通り、この歳になると、結婚や出産をする友人がどんどんと増えてくる。彼女たちは言う。気にしないでさ、気軽に誘ってよ。

もちろんそういうわけにはいかない。どうしても夫や子供が優先になり、断られることが増えていった。そんなことが繰り返されると、こちら側もなかなか誘いづらくなって、結果だんだんと疎遠になっていく。結衣もその一人で、今日のように四人揃って集まれることは稀だった。奈々子が妊娠してしまったとなれば、彼女も徐々に集まりから足が遠のいていくだろう。

「千凪は絶対に結婚しないでよーっ！」

急に桜ががばりと抱き着いてきた。「わーっ、何いきなり！」と押し返す。

「だぁってえ、千凪まで結婚したら寂しいもん！」

「そんなこと言われてもねー。どうなるか分からないのが人生ってもんだからねー」

「うわっ。最低。冷たい女だあんたは！」

桜は一生独身を貫き通す、と前々から宣言している。周りが次々に結婚していっても、親から子供の顔が見たいと言われても、その考えを曲げる気はない、と言っていた。

今は結婚が全ての時代じゃないなんて誰もが言う。でもその「誰もが」は、実際はこの世界のほんの上澄みでしかない。独り身の妙齢の女性に対し陰口を叩き、嘲笑うような声を私も何度も聞いてきた。桜もきっと年齢を重ねるごとに、風当たりが強くなっていくだろう。その信念を一体いつまで貫き通すことができるんだろうか。

冗談を言い合いながら思う。もし、私がここで口にしたら、桜は何と言うのだろう。私は一度も誰のことも好きになったことはない。セックスだってしたくない。本当は結婚だって嫌だ。ただ、周りの心無い声が怖いから、するふりをするだけ。子供だって産みたくない。あの生臭い液体を自分の中に注ぎ込んで、育まなければいけないことがどうしても耐えられない。それがたとえ一番のだったとしてもだ。

桜は困った顔をするだろう。そしてきっとこう言う。

千凪は、まだ本当の恋をしてないだけだよ。きっといつかいい人が見つかるよ。

別にそんなものいらない。ただ私は、そんなものがなくてもいい世界で生きたい。

一番に【今から帰るよ】とメッセージを送るも、一向に既読にならない。もしかしたらもう寝てしまっているんだろうか。家に着く頃になっても返事はなかった。起こさないように、ゆっくりと鍵を差し込んで回す。一番はいつまで経ってもこれがうまくできない。なんでこんな簡単なことが、と思うけれど、その言葉はそのまま私に跳ね返ってくる。どうして、みんなが簡単にしていることができないんだろう。

音を立てぬよう部屋に入ると、ソファからはみ出た脚が見えた。そっと近付くと、一番がソファに横たわり眠っていた。朝出かけたときのままの格好で、すやすやと寝息を立てている。

思わずその寝顔をじっと見つめる。長い睫毛、高い鼻、つるんとした肌に、細い輪郭。綺麗な顔だ。さぞかしモテてきたのだろう。そんな人が、どうして私を選んでくれたのか、未だに分からない。きっともっと彼に相応しい、綺麗で可愛くて、素直で明るい子がいるはずなのに。

一番は、私がアロマンティックでアセクシャルであることを告白してから、指一本触れてこなくなった。抱くどころか、手すら繋いでこようとしない。

正直、安堵していた。もう触れられなくて済む。汗や体温や息遣いや、ただただ不快でしかなかった接触をしなくて済む。

一方で不安な気持ちもある。私には、性衝動というものがどんなものかが分からない。だから、性欲を抑えるということがどんなにつらいかというのも、分からない。でも真夜中、彼が息を殺して私の隣でひとりでしている声を聞いていると、自分はもしかしたらひどく残酷なことをしているんじゃないかと思う。

んん、と一番が眉間に皺を寄せ、唸り声を上げた。私は我に返り、肩を揺する。

「番ちゃん。番ちゃん、起きて」

一番が重たそうに瞼を開いた。私の姿に気付くと、その目を見開いて、上半身をゆっくりと上げた。白目の部分が赤い。まるで泣いた後のようだった。

「どうしたの、こんなところで寝て。風邪引くよ」

一番は何も答えない。そのまま何も言わずのそりと立ち上がり、私の目をじっと見つめた。真っ黒な瞳。何の感情も宿さず、ただ私を映している。

「何、どうしたの」

思わず声を上げるが、一番は何も答えず、急に手を掴んできた。久々に触れた彼の手がやたらと熱い。

そのまま彼は、ソファに私を押し倒した。私に覆い被さってくる。まるで私を逃がさないようにするみたく、両の腕を私の体の横に立てて、乾いた瞳で私を見つめてくる。

そのままぶつかるような勢いで、私にキスをした。いつものような優しさはなく、まるで貪るかのようなキス。ぞわりと鳥肌が立ち、喉元に嫌悪感が押し寄せてくる。

抵抗しないままでいると、一番がいきなりワンピースをたくし上げてきた。そしてブラジャーも。いつもの穏やかな彼からは考えられない、乱暴で身勝手な脱がせ方だった。

それでいい。そうしてほしい。私のことなんて気にせず、ひたすらに欲望をぶつけてほしい。私には受け入れることしかできないから。それで一番の溜飲が下がるのであれば、それで今のこの日々を失わないで済むのであれば。どんなことをしてもらっても構わない。

けれど一番は手をぴたりと止めた。眉を寄せて、泣きそうな顔をしている。やめて。お願いだから、そんな顔しないで。

「なんでなんだよ……」

がさがさの声。何が「なんで」なんだろう。考えてみて、ああそうかと思い至る。私が抵抗しないことに、彼は疑問を抱いているのだ。

「言ったでしょ。番ちゃんの、好きにしていいって」

私は覚悟していた。きっと一番は、我慢していた欲望を一気に私にぶつけてくる。一時の辛抱だと、ぎゅっと拳を握った。でも彼は、ただ悲しそうな目をするだけで、何もしてこない。そして、ぽつりと言った。

「千凪に、嫌われたくないんだ……」

私は息を呑む。小さな声だったけれど、私には悲鳴に聞こえた。

一番はそのまま私の体に触れることなく、ブラとワンピースを戻し、半身を起こして私から離れた。一番に何か言わなくては。嫌ったりしない。好きなようにしてくれていい。言うべき言葉は分かっているのに、どうしても口から出てきてくれない。

もしかしたら、本当に残酷なのは、性行為をさせないことじゃなくて。その決定権を、彼に委ねてしまっていることなんじゃないだろうか。

一番はソファから降り、玄関へと向かっていった。そのままドアを開け、薄暗い外へ消えていく。ドアが閉まると、不格好にがちゃがちゃと鍵が回る音が聞こえてくる。

相変わらず下手だね。持ち上げるようにすれば、簡単に鍵が回るんだよ。

そんなことを思いながら、私はソファから立ち上がることができず、ぼんやりと身を預けていた。


結局、その日一番は帰ってこなかった。

一人だけでベッドで寝るのはなんとなく憚られて、そのままソファで一晩を過ごした。起きてスマホを確認すると【柳瀬の家に泊まります】と一番から連絡が来ていた。わざわざ知らせてくる辺り律儀だな、と思う。

ぐしゃりと歪んでしまったソファのクッションを整え直し、一番の家を出た。日曜の午前。一番と過ごす予定だったが、きっと彼は夜まで家には帰ってこないだろう。どこかに寄る気にもなれず、実家に帰ることにする。

一番の家で過ごすことが増え、実家で過ごす頻度が減った。服や下着、化粧品も一番の家に置くようになった。そうやって実家から足が遠のくにつれ、実家に対しての疎ましさが増していく。そして一番の家へと逃避している。本当に私はどうしようもない。一番の好意をただただ利用している。一方で、誰もいないあの家で一人で過ごす母の姿を思うと、放って彼氏の家に入り浸っていることに罪悪感を覚えたりもする。

家へ帰ると、母の姿はなかった。出かけているようだ。母は精力的な人で、料理教室やら社交ダンスやら、いろんな習い事をしては外で楽しそうにしている。なんというか、人生を満喫している。

リビングの絨毯に寝そべりながら、うとうとしつつテレビを見ていると、母が帰ってきた。私の姿を見るや否や「やだ、あんたいたの！」と声を上げる。

「ちょっと何あんた、みっともない。ソファにくらい座りなさいよ。ていうか、彼氏の家に泊まってくるんじゃなかったの？」

うーん、と曖昧な返事をする。

「あんたねえ、同棲するならするでいいけど、それならちゃんと紹介しなさいよ。普通みんなそれぐらいしてるよ」

「んー。そのうちね」

「そのうち、そのうちって。千凪は本当そればっか。いい歳なんだから、もっとちゃんとしなさいよ。普通は三十にもなったら、彼氏とのこの先のことよく考えてるもんよ」

べらべらとまくし立てる母の言葉がだんだんと薄らいで、耳に入らなくなっていく。まるで水中から音を拾うように、声に膜がかかっていく。

母が嫌いなわけではない。私たちが幼い頃離婚して、女手一つで育ててくれたことに対しては本当に感謝している。

でも、どうしても煩わしい。きっと母の言うことは正しい。だけどその正しさは私を傷つける。お前は正しくないと突きつけられているような気がする。普通、普通、普通。勝手に押しつけられた普通が私にとっては苦痛だ。

テレビを消し、のそりと体を起こす。自分の部屋に行こうとリビングを出ようとすると、「あ、そういえば！」と母が呼び止めてくる。

「今日、美波来るから。用ないなら真凜の相手してあげてよ」

ドアノブを握る手が強張った。真凜は妹の美波の娘、つまり姪だ。嫌だな。そんな言葉がつい浮かんでしまう。美波にも真凜にも会いたくない。

美波を見ていると、自分が普通ではないことを思い知らされる。互いに好意を寄せ合う人と愛を育み、結婚し子供をもうけ、幸福な日々を送っている。

夫や子供がいる生活を望んでいるわけじゃない。欲しいと思ったことは一度もない。ただ、正しい生き方が難なくできることが、羨ましい。

自室に籠もりベッドで横になりながらスマホで動画を見ていたら、いつの間にか夕方になっていたようだった。階下から、ドア越しでも分かるほどの騒がしい声が響いてきた。真凜だ。体が強張る。

やがて、どたどたと階段を上がってくる音が聞こえてくる。私はベッドから慌てて体を起こし、縁に腰掛けた。騒がしい足音は私の部屋の前でぴたりと止まり、次にどんどん、とドアを激しく叩く音が響いた。私が返事をするよりも早く、ドアががちゃりと開き、真凜が顔を覗かせた。

「おばさん、こんにちは！」

耳を劈くような声で挨拶をしたかと思うと、私の返事を待たず、ドアを開け放したままでまたどたどたと階下へと駆けていった。うんざりしながらドアを閉めようとすると、階段下にいた美波と目が合った。ひらひらと手を振ってくる。私も振り返す。

このまままた自室に籠もるのはさすがにちょっと憚られて、仕方なく部屋を出る。一階へ着くと、美波が真凜の頭を撫でながら「久しぶりじゃん」と声をかけてくる。

「うん。久しぶり」

美波と会うのは半年ほど振りだろうか。前回は確か、母の誕生日会のときだ。真凜と、覇気のなさそうな旦那と一緒に家で食事をした。それ以外のときも真凜を連れてちょくちょくこの家に来ていたようだったが、私は一番と会って顔を合わせるのを避けるようにしていた。そういった意味でも、私は一番を利用している。

リビングに向かいながら、真凜がまとわりついてくる。私の袖を引っ張りながら、喚くように何かを伝えようとしてくる。何を言っているかさっぱり分からず、適当に「うん、そうだね」と相槌を打つ。こんな意思疎通もできない怪獣と四六時中一緒にいるなんて、美波を尊敬してしまう。

「二人とも、私は今から夕飯の買い出し行ってくるから」

母が金色の財布を手に立ち上がる。「真凜ちゃんも一緒に行く?」と猫撫で声で問いかけると、「行く行く行くー!」と真凜が片手を上げてぴょんぴょんと飛び跳ねる。

「えーちょっと、甘やかしてお菓子とか買ったりしないでよ?」

「はいはい、分かりましたよ。じゃ真凜ちゃん、行きましょうね」

美波の小言を適当にあしらい、母が真凜の手を引いて家を出る。絶対アイスとか買ってくるんだから、とぶつぶつ言いながら、ダイニングテーブルの椅子に座る。

「ねえ、喉渇いたんだけど、お茶かなんかないのー？」

「ああ、ごめん」

私は冷蔵庫を開け、麦茶の入ったボトルを取り出す。氷はいらないから、と背後から美波が注文をつけてくる。コップに麦茶を注ぎ、美波の目の前に置いた。

「サンキュー」

礼を言うと、ごくごくと一気に半分ほど飲み干す。私も自分の分を注ぎ、ボトルをテーブルの中央に置くと、美波から少し離れた席にコップを持って腰掛けた。

「お姉さ、しばらく見ないうちに太った？」

いきなりの指摘に、麦茶を飲もうとした手が止まった。体重は増えていない。ただ、元々痩せている方でもないのは確かだ。「そうかな」とだけ答える。

「だって顔とかぱんぱんだよ？　彼氏いるんでしょ？　そんなんじゃ捨てられちゃうよー」

せせら笑うように言ってくる。何と答えていいのか分からない。私は学生時代は物静かで口数が少なかったが、大人になって社交性は身についた。自分でもかなり明るくなったと思う。それでも家族の前では化けの皮が剝がれてしまう。何を言われてもうまく返すことができず、放たれた心ない言葉が埃のように降り積もっていく。

美波は綺麗だ。子供を産んでも体形を崩すこともなく、所帯染みることもなく、ずっと綺麗なままだ。きっと努力をしているんだろう、とコップについた口紅の跡をじっと見つめる。根元まで栗色に染まった髪は艶やかで、短く切った爪は桃色にきらめいている。子育ては大変だろうに、自分磨きに余念がない。私のような女のことを馬鹿にしているんだろうなと感じる。

「てかさあ、お姉の彼氏ってめっちゃイケメンなんでしょ？　ママが言ってた。ねえねえ、写真とかないのー？」

「ないよ」

嘘をつく。一番との写真は、旅行やテーマパークに行くたびに撮っていた。スマホの中に眠っている数は何百枚にもなるだろう。美波が目を細め、唇を尖らせた。

「なーにそれ。別に見せたくないんだったらいいけどー。まぁママの言うイケメンなんて、本当にかっこいいかどうか怪しいもんだけどねー」

まるで一番を馬鹿にされたようでむっとくる。写真を突きつけてやろうかと思う。きっと驚くに違いない。ほんとにすごいイケメンじゃん、と目を剝く姿を想像すると、胸がすく思いだ。

だが、思いとどまる。自分が一時的に気持ちよくなるためだけに、一番を使いたくない。

「でもまぁ、イケメンの彼氏いるなんて幸せでいいよねー。うちの旦那もさあ、気だけは優しいけどさ、見た目はネズミみたいじゃん？　華やかさがないんだよねー」

何十回も聞いた愚痴だ。美波は実家へ戻るたび、いつも家族への不満を口にする。夫が育児に協力的じゃないとか、娘が最近反抗的だとか、姑が嫌味っぽいとか。美波は美波なりの不安や憂鬱はあるらしいが、その悩みすら普遍的すぎて私には眩しい。

「美波の方が幸せそうに見えるよ」

つい、口を衝いて出た。一度飛び出してしまえばもう止まらない。

「結婚して、子供を産んで、絵に描いたような理想の家庭じゃん。幸せそうで羨ましいよ」

本当に羨ましい。何の抵抗もなく誰かを愛し、結婚という道を迷いなく選べるということが。

「んー、まあそうね。なんやかんや幸せかな」

美波があっけらかんと答える。渋い顔でそんなことないと言われるだろうと思っていた私は拍子抜けする。皮肉を込めたつもりなのに素直に返されてしまい、なんと言っていいか分からなくなる。

「私の夢だったからねー。旦那がいて、可愛い子供がいてーって。それが叶ってるんだからさ、幸せじゃないわけないじゃん？」

ああ、そうか。美波の言葉が私の中に深く沈んでいく。それがきっと、みんなが望むことなのだ。もちろん、桜のように望まない人もいる。でも彼女はあらゆる選択肢を得た中で、自らその道を選んだのだ。あらかじめ辿る道が断絶している私とは違う。

一番だってそうだ。彼にはいくつもの道がある。でも私が傍にいることで、他の全ての道を潰してしまっている。

「なになに？　そんなこと訊くってことは、その彼氏と結婚したいの？　んで、それがうまくいってないとか？」

好奇を顔面に貼り付けて美波が身を乗り出してくる。私は身を引きながら首を横に振る。

「違うよ、そういうわけじゃない。逆に私、あんまり結婚願望がなくて」

「なーんだ。まあ、それは人それぞれだしいいんじゃないの」

美波は急に興味を失くしたようで、椅子から立ち上がると、戸棚を漁り始めた。見たこともない青い缶が出てきて、テーブルの中央に置かれる。美波が蓋を開けると、半分ほどなくなっている個包装のお菓子たちが顔を出した。美波が一つ手に取り、袋を開け口に運ぶ。丸い筒状になったクッキーだ。

「でも、お母さんはきっと結婚してほしいって思ってるでしょ」

「えぇ、そうかなあ」もぐもぐと咀嚼する音で声がくぐもる。「そんな感じしないけどね」

「するよ。言ってくるもん、あんたの子供の顔はどんなんなんだろうねとか、早くいい男見つけてこの家出て行きなさいよとか。その点美波は偉いよね、結婚して孫の顔を見せて、きちんと親孝行してる」

「だーからぁ。別に親のためにやってんじゃないっつーの。私は私のためにしてるだけ。親孝行とか関係ないし」

口の中のクッキーを麦茶で流し込むと、再び缶からもう一枚取り出す。今度は四角でホワイトチョコレートが間に挟まっている。

「それに親孝行っていうなら、お姉のほうがしてるでしょ。一緒の家に住んで、ママの話相手になってさ。私なら絶対やだもん」

「そんなんじゃないよ。最近家にあんまり帰らないし、私。ろくに話も聞いてないもん」

「それは知らんけどさ。でもだからって、じゃあ親不孝ですねとはならないでしょ。てか、そういうのって他人が押し付けるもんじゃなくない？　たまにさ、何々してあげた方が喜ぶとか、母親の気持ちを考えてどうこうしろとか言う奴いるけどさ。他人の気持ち分かったつもりでとやかく言うんじゃねーよって。人それぞれのやり方があるんだっつーのって」

齧っていたクッキーの残りを口に放り込むと、テーブルに散らばった滓を指で掬い始めた。腕を伸ばし、シンクの上で指を擦り合わせて汚れを落としている。

その後も美波が何枚かクッキーをぱくついていると、玄関の方からドアが開く音がした。「ただいまー！」と真凜の声が聞こえてくる。「ちゃんと手洗いなさい」と窘める母の声も。

「帰ってきた。やべやべ」

慌ただしくクッキー缶をしまい、口の中のものを麦茶で流し込んでいる。口の周りについた滓を舐め取っていると、真凜が小走りでこちらへ駆けてきた。

「ママ、ただいまー！」

「はいはい、お帰り。あー、あんた、また何か買ってもらったでしょ！」

手にはグミの入った袋が握られている。母親に指摘され、真凜はいたずらっぽい笑みを浮かべながらそれを後ろ手に隠した。

「もー、夕飯前なんだからこういうの買い与えないでよー」

「いいじゃないのグミくらい。それよりあんた、夕飯手伝って」

「はいはい。分かりましたよ」

二人が台所に立つ。私も手伝おうと腰を浮かせかけると、誰かに袖を引っ張られた。真凜だった。小さな指には紫色のグミが摘まれている。

「これ、あげる！」

私が右の手のひらを差し出すと、そこにぽとりと落とした。口に放り込むと、人工的なぶどうの味がする。

「ありがとう」

真凜の頭を撫でる。えへへと笑っている。さらさらの髪の毛と、汗の匂い。これが、美波の幸せの形。

私にとっての幸せはなんなのだろう。私は一体、どうしていきたいのだろう。分からない。自分のことなのに、何も分からない。

一番にとっての幸せは、なんなのだろう。


夕飯を食べ終わった頃、一番から連絡が来た。

【昨日は本当にごめん。良かったら直接謝らせてくれないかな】

本当に律儀な人だ。なあなあにして、なかったことにだってできるのに。迎えに行かせてほしいという一番の提案を断り、彼の家に行くことにした。私は食器を片付けると、「あっちの家に行く」と言って実家を出た。「彼氏の家」というのはなんとなく抵抗感があって、いつも母には「あっちの家」と説明している。

一時間ほどかけて、一番の家に着く。合鍵は持ってはいるものの、勝手に開ける気にもなれずチャイムを押す。まるで待ち構えていたかのように、すぐにドアが開いた。

「ごめん。わざわざ来てもらって」

「ううん、全然。気にしないで」

招き入れられ、靴を脱いで部屋に入る。何度も来ているはずなのに、今日はどこかよそよそしい空気が漂っている。普段は気にならない芳香剤の匂いも、やたらと鼻につく。いつもは躊躇なくソファに腰を下ろすが、どうにもしづらくて立ち尽くしていると、一番が怪訝そうな表情をこちらに向けてきた。しかし何かに気付いたようにはっとした顔をすると、俯いてしまう。

「ごめん。こんなとこ、座りたくないよな」

「あ、違うの。そういうわけじゃなくて」

俯いたまま、その頭を深々と下げてきた。彼のつむじが露わになる。私が普段、あまり見ることのない彼の部分。

「昨日は、本当にごめん。最低なことしたと思ってる。ごめんなさい」

躊躇も淀みもないまっすぐな謝罪。本当に勘弁してほしい。こちら側に一切の反論を許さない姿だ。

とはいえ、もとより謝られるようなことはされていない。セックスなんて、恋人同士であればきっと挨拶のようなものなのだろうから。

「全然気にしてないよ。番ちゃんは、必死に私に触れないようにしてくれてたけど。でも前にも言った通り、そういう我慢はしてほしくないの」

一番が顔を上げる。それでもまだ視線を下に向けて、ぎゅっと唇を噛んでいた。自分の発した言葉を後悔する。一番はきっと自分を恥じている。そんなことも我慢ができないなんて、と自らを責めてしまっている。

「そうかもしれないけど。でも、あんな乱暴にするなんて……」

一番はまだ分かっていない。柔らかく抱き締められようとも、粗雑に組み敷かれようとも。私にとって、ただただ苦痛で気持ちの悪い行為であることに違いはないのだ。優しさの度合いなんて何の意味もない。

「本当に気にしないで。ちょっとびっくりしただけだったから」

ほんの少し強めにその言葉を吐くと、私はソファに腰掛けた。一番が露骨に安堵を浮かべ、その横に腰掛けた。

こんな話はしたくない。悩んで悩んで、ようやく偽装結婚という形に落とし込むことができたのに。

一番のことは好きだ。きっと一番が寄せてくれる愛情とは全く別種だろうけれど、それでも一番と離れてしまうことを思うと、すごく寂しくなった。

けれどその寂寥感が本当に心からのものなのか自分でも分からない。また一人で生きていかなければならなくなってしまう。「恋人がいる」というステータスを手放さなければならなくなってしまう。たぶんそんな利己的な理由も潜んでいる。

でも利己的なのはきっと一番も同じだ。半分は確かに、私のことを愛してくれていて、家庭を築きたいと考えてくれているのだろう。でももう半分は、あの父親のために結婚という道を選ぼうとしているのだということがありありと分かった。

そうやって打算と打算が絡み合うのであれば、外側だけでも取り繕ってしまえばと思ったのだ。歪な関係で成り立った、形ばかりの結婚。

あとは今まで通りでいい。今まで通り、一緒に遊んでご飯を食べて映画を観て。それに結婚という枠組みを嵌めるだけでいい。いいはずなのに、どうしてこんなにもうまくいかないのか。

「明日、どこか行こうか。せっかくの祝日だし」

私の提案に、ふにゃりと目尻を下げて「うん！」と一番が答える。いたずらをしてしまったけど主人に許しを得た犬みたいだ。

「どこにしよっか？　買い物とか？」

「うーん、涼しくなってきたしテーマパーク系もいいよね」

話しながら、まるで普通の恋人同士みたいだなと思う。これでいい。傍から見て、普通だと思われて、それでいい。それがいい。そのためには汗ばんだ手だって握る。ぬめった唇も受け入れる。きっとそうすることが、私の幸せなのだ。


翌日、水族館に行くことにした。水族館は久しぶりだった。館内は三連休最終日ということもあって人で溢れ返っていたが、暗い中に水槽だけが仄明るく光る空間は心地好かった。

入口すぐ近くでは、大きな白熊が悠々自適に泳いでいた。巨大な体軀を巧みに動かし、水槽の端に行ってはターンしてまた端にと、見事な泳ぎを延々と繰り返している。その隣の水槽にはペンギンたちがいて、ぼーっとしたり泳いだりと各々楽しんでいる。水槽のガラスの前には家族連れやカップルが陣取り、私たちは遠巻きに動物たちを眺める。

じっと前を見つめている一番の横顔を覗き見る。彼が向けている視線が、水槽の中になのか手前になのか、そんなことが気になって仕方がない。

「白熊たち、すごい人気だね」

声をかけると、「迫力あるもんな」と水槽から目を離さず答える。真っ黒な瞳に、水槽のライトが反射して青く光っている。ついその横顔に見惚れていると、急にこちらを向いてにこっと笑みを向けてきた。

「千凪はさ、水族館の生き物で何が好き?」

「えー、なんだろ」唐突な質問に、腕を組んで考えてみる。「クラゲかな」

「なんか千凪っぽい」

「何それ、褒めてないでしょ。そういう番ちゃんは何が好きなの」

「俺?　俺はオーソドックスに、イルカかな！」

「あー、番ちゃんっぽい」

「うわ。絶対褒めてない、それ」

笑い合いながら、白熊とペンギンの水槽を後にする。

魚たちを眺めながら歩いていく。イワシの大群は銀色の波になって一心不乱に泳ぎ回っていた。

小さな熱帯魚たちは、水中を彩るように鮮やかな色を放っていた。様々な感想を言い合いながら並んで歩く私たちは、きっと問題なく恋人同士に見えただろう。

やがてドーム状になった水槽の下へと入っていく。四方を魚たちに囲まれ、まるで水中に立っているようだ。エイの真横を大きなイルカがするりと通り過ぎ、周りの人々がスマホを取り出し写真をぱしゃぱしゃと一斉に撮っている。イルカは私たちの頭上を華麗に泳ぐ。二人して、口をあんぐりと開け真上を向いた。

「お母さん、早く！　イルカこっちに来たよ！」

男の子の声がした。顔を元に戻すと、泳ぐイルカと同じ方向へ、五、六歳くらいの少年が頭上を見ながら駆けていた。そしてそのまま、一番の脚にぶつかる。「うわっ」と一番がよろけた。少年も、びっくりしたような顔で一番を見上げる。

一番は驚いた顔をしていたがすぐに笑みを浮かべ、屈んで少年に目線を合わせた。

「痛くなかった？　大丈夫？」

少年はこくんと頷く。唇を尖らせながら小さな声で「ごめんなさい」と謝る。

「お、ちゃんとごめんなさいできるんだな。偉いぞー」

そこへ、少年の母親らしき女性が駆けてくる。その後ろには赤ちゃんを前抱きした父親らしき男性もいる。

「すみません、大丈夫でしたか!?」

慌てた様子の女性に、「いえ全然」と一番がひらひらと手を振る。

「大丈夫でしたよ。息子さん、ちゃんと謝ってくれましたし」

両親はぺこぺこと頭を下げながら去っていった。危ないから人混みで走るなって言ったろ、と叱る父親の声が聞こえてくる。小さな背が遠ざかっていくのを、一番がじっと見つめている。

「可愛い子だったな」

ぽつりと呟いた。そうだね、と私はかろうじて返す。

泳ぐイルカと一緒に写るようにタイミングを見計らいながら、それぞれ写真を撮り合う。一番の絶望的な写真の腕に苦笑しながら、次のゾーンへ向かう。

明るかったドームとはまた打って変わって、再び照明の落とされた空間に入る。筒状に延びた水槽があちこちに並んでいて、そこだけがほんのりと光っていた。

「あ、千凪！　クラゲだ、クラゲ！」

私よりはしゃいだ声の一番の言う通り、水槽の中にはクラゲたちが泳いでいた。私はガラスに張り付いて、その様子を眺める。

暗い水中に、静かに浮かんでいる。丸い傘をふわふわと動かし、透明の長い足をゆらゆらとゆらめかせ。ただ漂うということだけを目的にして、泳いでいる。私はそれをただじっと見つめる。

「クラゲ、綺麗だね」

隣に立つ一番がぽつりと言う。うん、と小さく返事をする。

一番はいつも私に寄り添ってくれる。傍にいて、私のことを肯定してくれる。でも、本当は私の隣になんていない方がいい。

朝起きて、一緒に朝食を食べて、一緒に出かけて、一緒に帰って。駅を出て、どうでもいい話をしながら、家までの道を並んで歩く。私は一番の傍にいられて、それだけで幸福だった。でもきっと一番は違う。同じだけの愛情を返してほしいと願っていて、その先の未来も望んでいる。

私がこんなところにいるせいで、一番が本当は手に入れられるはずだった幸せを、握り潰してしまっている。

「番ちゃん」

揺蕩うクラゲたちを見つめながら、私は口を開く。水槽のガラスに反射した一番の顔が、薄ぼんやりと映る。

「別れようか」

一番はクラゲから目を離さない。ゆっくりと瞬きをするのだけが、ガラス越しに見えた。

「うん。そうだね」

こんなときでも、彼は決して涙を見せようとしない。まるで誰かからの言いつけを守るように。呪いのように。

5

千凪と別れてから二ヶ月が過ぎた。暑さはすっかり消え去り、夜にはだいぶ冷え込むようになった。そろそろ冬物を引っ張り出さないといけないな。そんなことを考えながら、駅から家への道を歩く。駅前のコンビニの跡地。野良猫の棲家。代わり映えのしない見慣れた景色が流れる。
　エレベーターに乗り込み四階へ。部屋に着くと鍵を差し込み、回す。鍵は滑らかに傾き、がちゃりと開錠の音がする。この前管理人に話し、ようやく鍵を直してもらった。もう僕には、鍵を開けてくれる人はいない。

「ただいまぁ」

　部屋の中に声をかけながらドアを開ける。当然、誰もいない。それでも不意に、ただいまという言葉が口を衝いて出てきてしまう。

　靴の数が半分になった玄関に足を踏み入れるたび、昔の記憶が蘇る。おかえり、と言って千凪はキスをしてくれた。ただの挨拶のようなもので、でもその何でもないキスが僕は嬉しかったが、きっと千凪はそうではなかったのだろう。唇が触れるたび、嫌悪感を体に滲ませて、それでも笑顔で耐えていたに違いない。その気持ちを考えると今でも胸が痛む。

　千凪がカミングアウトしてから、偽装結婚をしようと決め、別れるまでたった一ヶ月半ほど。結局はその程度しかもたなかった。僕も千凪も、ひたすらに心をすり減らしただけの時間だった。

　愛されなくてもいい、一緒にいられるだけでいいだなんて、所詮甘い考えに過ぎなかったのだ。好悪のどちらにも傾いていない天秤の真ん中で、片方に傾くのを期待したり恐れたりしつづけるのは、心が折れてしまいそうなくらいにつらい。

　だから千凪に別れを告げられたとき、僕はすぐに受け入れた。千凪と離れるよりも、千凪を苦しめ続けている方が嫌だった。いつ自分の中の男という部分が彼女に牙を剝き、傷付けてしまうか分からなかった。

別れてからの日々は退屈だった。何もない時間。ひとりきりの時間。僕は千凪と出会う前、どうやって一日を過ごしていたんだっけ。

何もない土日、昼過ぎまで寝て、温めた冷凍パスタを啜りながら見たくもないテレビをつけている。西日に透けたレースカーテンが、フローリングに薄く模様を透かせてゆらめいているのを、ただ眺めているだけで時計の針は進んでいく。

ジムもしばらく行っていない。家からたった五分くらいの距離なのに、億劫だった。仕事をして、千凪と会って、どうにか時間を捻出して、あの頃はもっと時間があればなんて思っていたのに。いざ手にしてみると、この有様だ。

早く月曜日にならないかなと週末になるたび思う。仕事があれば、煩わしいことを考えなくて済む。


平日もなるべく遅くまで会社にいるようにしていた。家に帰りたくなかったからだ。わざわざ周りの仕事を引き受けては、消灯までパソコンに向き合っていた。忙しい時期に差し掛かっていたのも僕にとっては幸いだった。

ブルーライトカットの眼鏡をかけながらキーボードを叩いていると、「お疲れ」と柳瀬に声をかけられた。

「ん。お疲れ」

「お前また残業？　最近残りすぎじゃね？」

「まあなー。ちょっと忙しくて」

「せっかくの華金なんだからさあ、久しぶりに飲み行こうぜ」

んー、と返事を濁すと、柳瀬がこれ見よがしに大きな溜息をついた。

「あのなー、お前他の奴らの仕事もわざわざ引き受けてんだろ？　残業させすぎると会社的にもまずいんだってよ。部長にどうにかしてくれって俺が泣きつかれたんだよ」

労働時間の上限をあまりにも超過すると社内規定に違反するのは承知だったので、早めに退勤記録をつけてから残業するようにしていたのだが、やはりそれもばれているようだ。仕方なく僕はパソコンを閉じ、「分かったよ、行こう」と柳瀬に言う。柳瀬がにまっと笑った。

明らかに乗り気ではない僕に、軽くでいいからさと柳瀬が背を押す。そういえば以前は、定期的にサウナでととのって飲んで、が柳瀬との遊び方だった。あんなに好きだったサウナにもしばらく行っていない。

飲み屋に入り、ビールを二つ頼む。「かんぱーい！」という柳瀬の合図で、僕らはジョッキを合わせる。

「なんかイッチーと飲むの久しぶりじゃね？」

「そうだな。最近忙しかったしな」

「ほんとだよな！　俺はまじで部長のボケっぷりのせいもあると思ってるんだよ。この前もさぁー」

柳瀬が笑い話を披露する。彼の話し方はいつもうまくて、僕はつい何だよそれと腹を抱えてしまう。でもふとした瞬間に空虚が押し寄せる。サラダを取り分けるとき。唐揚げを口に運んだとき。小皿に醤油を注ぐとき。思い出してしまう。トマトが嫌いで僕の方ばかりに渡していたこと。唐揚げを丁寧に箸で切って食べていたこと。醤油差しが液だれしない方法を教えてくれたこと。千凪との記憶が柔らかく爪を立ててくる。

せっかく柳瀬が連れ出してくれているのだから、暗い顔なんてしてはいけない。そう思って必死に口角を上げるも、一度食い込んだ爪はなかなか外れてくれない。きっと柳瀬もそれに気付いていて、次々にいろんな話題を振ってくれている。自分が情けない。些細なことで沈んでしまうことも、柳瀬に気を遣わせてしまうことも、全て。

「あー、やべー。久々にこんな食ったわー。太るー」

揚げ物の衣の残り滓が散った皿たちを眺めながら、柳瀬が膨れた腹を撫でる。その姿を見ながら、あれ、と違和感を抱く。

「柳瀬、もしかして瘦せた?」

確かに腹は出ているが、以前と違って風船のように膨らんではいない。そういえば、顎の辺りも以前に比べてすっきりしたように見える。僕の言葉に、柳瀬がにやりと笑った。

「なぁんだよ。今更気付いたのかよ」

「え、まじか。ダイエット?」

「まあな。最近はジムもきちんと行ってるぜ」

誇らしげに言いながら、右腕を横に上げて肘(ひじ)を九十度に曲げた。それほど膨らんではいないもののの、力こぶがぷっくりと盛り上がっている。

「えー、すごいじゃん！　どうしたんだよ、どんな心境の変化？」

「それがさあ」

まるで内緒話をするように声を潜め、身を乗り出してくる。僕もつられて耳を聳(そばだ)てる。

「前さ、好きな子できたって話、したじゃん？　実はその子と今、結構いい感じなんだよね」

「ええ、まじか！　よかったじゃん！」

「あざす、あざす」

照れたように柳瀬が頭を掻く。通りすがった店員が「お皿お下げいたしますね」と空になった食器を手際良く重ね、下げていく。

「そっか、それで一念発起してダイエットか」

「そういうこと。煙草もやめたしな」

「えっ、あれ⁉　ほんとだ！」

全く気が付かなかった。柳瀬は結構なヘビースモーカーだ。喫煙可の席のときはいつも灰皿を吸殻でいっぱいにしているし、外で吸わなければいけない店の場合も頻繁に席を外している。それが今日は、一度も煙草を吸った様子がない。同時に、そんなことにすら気付かなかった自分を恥じる。

「その子がさ、煙草嫌いなんだ。匂いがどうしても駄目なんだって。でも私の前で吸わないならいいよ、って言ってくれてさあ。俺も電子に換えれば匂いつかないいんじゃないかって思ったんだけど、いやぁそれもなんか違うかなあって。ここは潔くスパッとやめてやろうかなってさ」

「でも……よくやめられたな。つらくなかったのか？」

「そりゃあつらいよ、もう十年以上吸ってんだもん。でもなんつーの、愛の力ってやつ？」

柳瀬がおどけたように言う。僕は目の前のハイボールが入ったジョッキを持ち上げ、喉の中へと流し込む。底から水滴が滴った。テーブルには水でできた歪な円がいくつもできている。僕はそれをおしぼりで拭う。

「その子と別にまだ付き合ってるわけじゃないんだろ？　その子が、柳瀬のことを好きって決まったわけじゃないいんだろ。それなのに、よくそんな我慢できるな」

ああ、なんて嫌な言い方だろう。自らを責める一方で、僕は腹が立って仕方がなかった。愛の力だって？　ふざけるな。そんなもので何もかも乗り越えられると思ったら大間違いだ。

「えー、でもさあ、ある程度我慢するのが人付き合いってもんだろ？」

柳瀬は僕の嫌味な物言いを気にも留めない様子で、フライドポテトを素手で摑み齧っている。

「そんな……友達と遊んだりするとき、我慢なんて考えたことないよ」

「あー、違う違う。我慢って言い方がよくねえな。たとえばさ、俺ってエビが苦手じゃん？　イッチーはエビ好きだけど、俺とはエビメインのお店とかには行かないようにしてくれてるじゃん？」

「そりゃそうだろ。そんなところ連れてったら、ただの嫌がらせじゃん」

「まあだから、つまりはそういうことだよ。お前は俺の嫌いなものを覚えてくれてて、どんなに食べたくてもそれを避けようとしてくれてる。それも一種の愛の力じゃね？　愛がない相手にはそういう我慢って一切したくないわけだし。何かをしてあげるのも愛情だけど、何かをしないっていう愛情もあると思うわけよ、俺は」

相変わらず大仰で難解な言い回しだ。そんな単純なことなんだろうか。違う気がする。でもどうしてか言い返せない。

柳瀬が手元の緑茶ハイを飲み干して、メニュー本に手を伸ばした。何にしようかなあ、とぱらぱらとめくり、そして僕のジョッキに目を走らせると、本を僕に渡してくる。僕はさっと目を通し、呼び出しボタンを押した。すぐに店員がやってきて、柳瀬はウーロンハイ、僕はまたハイボールを注文する。

「その子のこと、ほんとに好きなんだな」

柳瀬の言葉で与えられたもやもやを、結局自分の中で消化しきれなくて、とりあえずただそれだけを呟いた。間を置いた反応に柳瀬がきょとんとしたが、すぐに照れ臭そうにはにかむ。

「まあな。これが最後の恋にしたいよ」

「そうか……なんか羨ましいよ」

思わず出た言葉だった。羨ましい。確かに羨望は感じていた。でも何に対して感じているのか、自分でも分からない。きちんと愛し合うことができそうな相手がいるということ？　至極普通の恋をしているということ？　それとも、彼が相手のためにきちんと努力できているということ？

柳瀬が目を瞠(みは)る。手にしていたポテトを、口に運ばずそのまま取り皿に置き、指先をおしぼりで拭(ふ)いた。

「まさか社内の星の道沢さんに、羨ましいなんて言われる日が来るなんてなぁ」

「なんだよ、茶化すなよ」

柳瀬がははは と笑う。店員がお待たせしました、とウーロンハイとハイボールを持ってきた。

柳瀬が手を伸ばしジョッキを持つと、「じゃあ乾杯だな」と掲げてきた。

「乾杯って、何に乾杯？」

「そりゃお前、俺の新たな恋にだよ」

「なんだよそれ。自分で言うなよ」

僕らは笑い合いながら、乾杯とジョッキをもう一度合わせた。


じゃあな、あんま仕事しすぎんなよ、と何度も手を振る柳瀬と別れ、駅へと向かう。久々に酒を飲んだせいか、酩酊(めいてい)で頭がうまく回らない。コンビニに寄ってペットボトルの水を買い、一気に半分ほど飲み干す。ふうと息を吐き、コンビニの壁にもたれかかった。冷たい夜風が気持ちいい。目を閉じる。そのまま眠ってしまいそうだった。

「えっ、あれっ。お兄さんだー！」

急に声が聞こえ、驚いて目を開く。目の前で知らない女の子が僕の顔を覗(のぞ)き込んでいて、ぎょっとする。

「うわ、めっちゃ偶然ですねー。飲みの帰りですか？」

親しげに話しかけてくる彼女が、誰だったか一切思い出せない。僕の胸ほどの低めの背に、ふんわりとカールがかかった茶色いボブ。くりっとした大きな目と、少しだけ上を向いた鼻。友人関係や仕事関係の関わり合いのある人たちの顔を必死で探るが、彼女の顔は出てこない。戸惑ったまま何も言えないでいると、彼女が僕を見上げたまま腕を撫でてきた。

「ごめんなさい、覚えてないですよね！　夏頃、この辺でお兄さんに道尋ねたことがあるんです。そのときは友達も一緒だったんですけど」

そんなことあっただろうか。思い出せない。けれど口に出すわけにもいかず、「ああ、あのときの」とわざとらしい声を出す。彼女がにこっと笑った。

「あのとき道に迷ったって言ったと思うんですけど、あれ、嘘なんです」

「嘘？」

「はい。お兄さんに声かける口実です」

彼女はにこにこと笑っている。柔軟剤なのかシャンプーなのか、微かに甘い香りが漂ってきてむずむずする。

「お兄さん、今日は一人なんですか？」

「あ、はい。さっきまで友人と飲んでたんですけど、解散したところで」

「そうなんですねー。私はさっき仕事終わって、ご飯食べてきたところで。せっかくの金曜なのに残業ですよー」

気が付くと、口の中がからからに渇いていた。時間はもう夜の十時半を過ぎている。逡巡したのち、僕は口を開く。

「あの。よかったら、飲みに行きませんか？」

「えー、いいんですか？　嬉しいー！」

彼女が満面の笑みを浮かべた。大きな両目が細くなって、白い歯が見えた。

彼女の名前はエリといった。絵画の絵に梨で絵梨です、と名乗り、一番っていいます、と言うと「変わった名前ですねー！」とけらけらと笑った。

以前柳瀬と行ったことのあるバーに向かった。地下にあるお店で、堅苦しくもないが客層もそれなりに穏やかで、飲み直すにはちょうどいい場所だった。僕らはカウンター席に並んで座った。僕がモヒート、彼女がキールロワイヤルを頼み、乾杯する。

白基調のふわふわとした服や語尾を伸ばすような話し方の彼女と、一体どんな話をすればいいのか不安ではあったが、杞憂だった。話題が豊富で色んな話をしてくれたし、こちらの話もしっかりと聞いてくれた。

話すたび酒量が増えていく。二杯、三杯。ちらりと腕時計を見る。日付が変わるまで三十分。

絵梨との距離がさっきよりも近い。最初は正面を向いていた彼女の膝が、今ではこちらの方を向いていて、僕の膝と触れ合っている。そんな接触がないかのように、話は進んでいく。

「えー、じゃあ一番くんは彼女さんと別れたばっかりなんですね」

話題はいつの間にかお互いの恋人事情の話になっていた。初対面だからこそなのか、絵梨が聞き上手なのか、酒のせいなのか。舌がやたらと滑らかになっている。

「うん。二ヶ月くらい前」

「そうなんだ。なんで別れちゃったんですか？」

「性格の不一致、ってやつかな。ふられちゃいました」

咄嗟（とっさ）に嘘をつく。さすがに本当のことは言えない。

「えー、一番くんみたいなカッコいい人ふるなんて！　もったいないー」

「絵梨さんは？　彼氏いるの？」

「いないですよ！　もうしばらくいないなー」

「そうなんですね、モテそうなのに」

「あ！　またそういうこと言うー」

笑いながら腿（もも）を叩かれる。さっきから彼女のボディタッチが増えていることに気が付いていた。

肩を撫でたり、腕に触れたりしている。

「私も前の彼氏にふられちゃったんです」

「そうなんだ、どうして？」

「お恥ずかしい話なんですけど、レスになっちゃって」

「ああ、彼氏としたくなくなっちゃった感じですか」

「いえ、逆です。私はしたかったのに、彼氏がしたくなくなっちゃって。私、性欲強いから、ついていけなかったんだと思います」

いつの間にか絵梨の手は僕の腿に置かれたままになっていた。ふいに内腿の方まで撫でられ、僕はぞくりとする。股間に血液が集中していくのが分かる。

「一晩に何回もしたがったりするから、相手は疲れちゃうのかも。一番くんみたいに鍛えてる人なら別かもしれないけど」

絵梨が桃色の唇で微笑み、甘く囁く。僕は視線を逸らしてもう一度時計を見る。いつの間にか日付が変わっていた。僕の終電はもうない。きっと、彼女ももうないだろう。

僕の手首に、絵梨の手が被さった。時計の文字盤が見えなくなる。そのまま手はゆっくりと這い上がって、僕の手の甲から指を絡めてきた。小指に嵌まったピンキーリングが僕の親指の付け根に当たる。

「この後、どこ行きます?」

僕はゆっくりと息を吸い込んだ。

ホテルに着くや否や、僕は絵梨に抱き着く。そのまま耳や首筋に舌を這わせる。「いきなり駄目だって」と絵梨が笑って僕の胸に手を置き、押し返すような仕草をするが力は弱い。本気の拒絶なんかじゃないことくらい、僕でも分かる。

久々に触れた異性の体だった。どこもかしこも柔らかくていい匂いがする。自分でも驚くほど興奮していた。パンツの中のものが痛いくらいに硬くなっている。僕は絵梨に抱き着いたままキスをする。あちらから舌を差し入れてくる。舌を絡ませ合いながら、ベッドへ向かい、押し倒す。

「そんなに私としたかったんだ？」

僕に組み敷かれた絵梨が悪戯っぽく笑う。僕は答えず、荒い息を吐きながら彼女の服を脱がせる。あっという間に下着姿になる。レースのついた薄い紫のブラジャーのホックを外すと、彼女の大きな胸が揺れた。隙間に手を差し込み、揉みしだく。絵梨が喘ぎ声を上げる。

気持ちいい。なんて気持ちいいんだ。彼女は僕のを胸に挟み、舐めてくれた。巧みな舌使いに腰が砕けそうになる。気持ちいい。最高だ。

なのにずっと何かが欠けている気がする。埋まらない何かがある。それが何かが、どれだけ舌を動かしても腰を振っても分からない。

体位をころころと変え、絵梨の喘ぎ声を聞きながら、僕は連続で二回ほどいった。彼女も何度か果てたようで、汗びっしょりになりながら二人でシーツに転がった。

「ねぇ見て、すっごい出たよ」

白濁した液体で満たされた、口を縛ったコンドームを絵梨が僕の目の前で揺らす。「やめてよ」と笑いながら払いのける。

「てか、腕とか太いなぁとは思ってたけど、こんなに鍛えてるとは思わなかったからびっくりだったなー」

言いながら絵梨が肩や胸筋を撫でてくる。五本のピンクの爪が僕の肌の上で流れていく。

「でも最近さぼってるから、お腹とかやばいよ」

「あー確かに、この辺とかぷにってるかもー」

絵梨が脇腹の肉を摑んでくる。むにむにと揉まれ、「やめろって」と僕は笑う。

こんなふうに誰かに体を触られたのはいつぶりだろうか。体つきや性器を褒められるのは悪い気はしない。むしろ嬉しい。自分が男として魅力のある人間なのだと言われているようで、安心する。

絵梨が大きな瞳でじっとこちらを見つめてくる。腹を触っていた右手が、股間へと滑り下りてくる。萎えたものを握り、玩具を扱うように弄んでくる。あれだけ出したのに、また熱を帯びてくる。

「ね、もっかいする？」

絵梨が甘えた声で問うてくる。僕は彼女の顔をじっと見つめ返す。

「俺たち、付き合わない？」

思わず口にしていた。彼女の両目が更に大きく開かれる。さすがに唐突すぎて戸惑われただろうか。彼女が僕のものから手を放し、首を大きく横に振った。

「え⁉　なんで⁉　絶対無理！」

全力で拒否され、思わず面食らう。確かに性急だったかもしれないが、少なくとも憎からず思われていると感じていたのに。絵梨がじっと僕の顔を覗き込んでくる。何やら考え込んでいるが、すぐに仰け反ってまた首を何度も横に振る。

「やっぱ無理。ごめん、付き合うのとかはできない」

「そ、そんなに無理かな、俺」

多少なりともあったはずの自信が崩れていく。絵梨が裸の胸を隠すように腕を組み、うーん、と唸る。
「確かに一番くん顔はいいし、背も高くてスタイルもいいし、一緒にいたら自慢になるなぁって
ちょっと揺らいだんだけど。でもなんか違うんだよねぇ。優しいし、体の相性も悪くないと思う
んだけど……あーでも、やけくそなセックスするよね、一番くんって」
「やけくそ？」思ってもみなかった単語が飛び出し、訊き返す。
「うまく言えないんだけど、自分も相手も削るような感じっていうか。一番くんって多分、大事
な人はすごく大切にするけど、それ以外の人は大切にするふりもできないんだろうなって思った」
僕は何と返していいか分からず、毛布に鼻を埋める。絵梨が大きくあくびをして、目頭に滲ん
だ涙を指で拭った。
「ごめーん、なんか萎えちゃった。シャワー先に浴びていい？」
「えっ、あ、うん」
じゃあお先、と絵梨がベッドから出て、浴室へ向かう。僕はその小さな尻を見送る。
やけくそ、という単語が耳にこびりついて残っている。その通りかもしれない。確かに僕は、
セックスの間ずっと思っていた。ああ、これで男としての役目を果たせた、と。彼女に付き合お
うと言ったときも、自分を好いて自分とセックスできる相手ならば、きちんと恋人としての形を
作れるかもしれないという打算しかなかった。
いつまでこんなものに縋り続けなければならないのだろう。自分の中の男という性に嫌気が差
して、誰かを傷つけるならこんなもの要らないと唾棄していたはずなのに。結局また男としての

矜持を求めてしまっている。欲しくて欲しくて、また誰かを軽んじて傷つけようとしている。

情けなくて死にそうだ。柳瀬が呆れるのも分かる。

翌朝、ばっちりとメイクをした絵梨とホテルを出て別れた。「また会おうねー」と手をひらひらと振る彼女と、結局連絡先すら交換しなかった。

空を見上げる。ラブホテルが建ち並ぶその隙間から、朝日が漏れてくる。眩しくて僕は目を細める。靄がかかったような白い空だった。


千凪と別れてから二度目の実家に行く日になった。

千凪を連れて行って以来、毎回のように両親から千凪は元気なのかと訊かれる。前回も同様で、僕は頬を引き攣らせながら元気だよと答えることしかできなかった。

千凪と別れたことはまだ告げられていない。父は僕らの結婚を喜んでくれている。父をがっかりさせることなんて、できない。

実家に帰るのが憂鬱だった。こんなこと、今まで思ったこともなかった。家が近付くごとに足取りは重くなり、胃の奥にある鉛のようなものがどんどんと大きくなっていく。

家のチャイムを鳴らす。そんなことありえないのに、どうか誰もいないでくれと願ってしまう。何度押しても誰も出なくて、家に電話をしても繋がらず、母に連絡してみると、ごめん忘れてて家族みんなで出かけちゃった、なんて返事が来る。そんなことになれば、僕は今すぐ帰ることができるのに。もちろんそんな望みが現実になることはなく、ドアが開いて母が顔を出した。

「おかえり、一番」

「ただいま」

顔が勝手に笑みを作る。まるで条件反射だ。

リビングにはいつものように父がいる。今日は仕事がないのか、兄の姿もあった。グレーの上下スウェットは季節にかかわらず年中着ている。やがてダイニングテーブルには母の料理が並べ立てられ、僕らはいつもの位置で席に着く。

食卓での会話はいつものように、父が僕に話題を振って始まる。仕事のこと、日常のこと。母が大袈裟（おおげさ）なくらいのリアクションをして、兄は黙ってそれを聞いている。僕は彼らの期待を裏切らないような答えを口にする。

「それで、一番」

父が話しかけてくる。茶碗にこびりついた米粒を、一つ一つ丁寧に摘まみ上げ口に運んでいる。

「結婚の話は進んでるのか。式場はもう決めたのか？」

ああ、やはりその話になるのか。僕は思わず持っていた箸を置く。

「全然。まだ何も決めてない」

「そうか。まあお前たちのタイミングってものがあるからな、急（せ）かすことはしないが。でも時間はあっという間に過ぎていくぞ。子供を作るなら、準備も早い方がいい」

急かすことはしないと言いながら、焦らせるようなことを言う。矛盾を孕（はら）んだその言い方は、父が僕の結婚を喜んでくれているからだ。

心の奥底でちらりと期待が生まれる。もし、ここで僕が、千凪と別れたことを口にしたら、父は何と言うだろう。もしかしたら親身になって事情を聞いてくれるかもしれない。そうすれば僕は、千凪と別れた理由を伝えることができる。

その上で、もし父が許してくれたら。結婚なんてしなくていい、お前の好きなようにしろと言ってくれたら。もしかしたら僕はまた、千凪と向き合うことができるかもしれない。そうすれば、結婚もしない、子供も作らない、ただ千凪といられればそれでいいと堂々と言える気がする。

ごくりと唾を飲む。粘ついた液体が食道を流れていった。

「子供は、たぶん作らない」

眼鏡の奥で、父の双眸が見開かれる。それだけで視線はテーブルに落ち、言葉を喉に詰まらせてしまう。言わなければ。言うんだ。子供も作らないし、結婚もしない、と。だけど声が出てこない。

「何だお前、子供欲しくないのか」

まるで理解できない、とでも言いたげな粗野な口調。僕は喉に詰まっていた言葉を飲み込み、舌の上で弥縫の塊を転がし吐き出す。

「えっと、そういうわけじゃなくてさ。そういう夫婦の形もありかなってふと思ったんだ。別に子供なんていなくてもさ、千凪と二人でさ、仲良く暮らしていくのもいいかなとかさ」

父が大きく溜息をついた。膝に置いていた僕の両手に力が籠る。どんな棘のある言葉よりもその反応は僕に突き刺さり、それ以上何も言えなくさせた。

「何言ってるんだお前。そんなことじゃ、家庭を持ったなんて胸張って言えないぞ。妻がいて子供がいて、初めて一家の大黒柱になるんだから。それに、子供を育てたことのない人間なんて、ろくな奴じゃないぞ」

父が呆れたように言う。きっと誰しもが眉を顰めるその時代錯誤な考え方に、でも僕は何も言い返すことができなかった。心のどこかで、その通りだと賛同してしまっている。

「もしかして、千凪さんは子供が望めない体なのか」

吐き捨てる言葉の苦々しさに頭がくらくらした。思わず目線を上げると、その顔には危惧ではなく疎ましさが浮かんでいる。喉の奥が苦しくなる。母も兄も、口を挟むことなく黙々と食事を口に運んでいる。

「分からない……調べたことない」

「そうか、ならいい機会だ、一度きちんと調べておきなさい。それでもし、まずい結果になってしまったら、結婚は考え直した方がいいかもしれないな」

温度を全く感じない声。もうこれ以上聞きたくない。耳を塞ぎたくなる。そんな言葉、父の口から聞きたくなかった。同時に、そんなことを言わせてしまったのは僕のせいなのかもしれないと自責の念に駆られる。

「そう……だね。それも、必要かもしれない」

自分が嫌いになりそうだ。その答えが千凪の尊厳を傷つけていることなんてよく分かっているのに。父が満足気に頷く姿が見たくなくて、僕はまた俯いてしまう。

やはり僕には、千凪という存在は荷が重いのかもしれない。所詮は普通しか受け入れられない。誰もが認めて、後ろ指を差されないような、そんな普通。きっとそれが、僕には似合っている。

「馬鹿馬鹿しいね」

急に、低い声が隣から聞こえてきた。兄だった。焼き鮭を不器用に箸で摘まんでいる。父がじっとりと兄を睨みつけた。

「何が馬鹿馬鹿しいんだ。大事なことだろう」

「子供が作れるとか作れないとか、結婚するとかしないとか。そういうのを大事にするのは当人同士だけでいいだろ。親が口出しするようなことじゃない」

「いいか、勝利。世間はな、独身を貫く人間には厳しいぞ。どうしてあの人は結婚してないんだろう、きっと何か問題があるに違いない、と陰であることないこと言われる。会社でも、既婚者や子持ちたちの事情で余計な仕事を押し付けられる。お前には分からないかもしれないがな、そういうものなんだ」

僕は焦り始める。今までずっと無気力なまま父の冷たい視線を受け流していた兄が、急にこんなに反抗心を剥き出しにするなんて。険悪な空気が流れるのをどうにか変えようと口を開くが、兄の静かな声で掻き消される。

「あのさあ。いい加減、そうやって知ったような口叩くのやめなよ。この多様性の時代に、昭和的発想を持ち込むなよ」

「多様性」

ふっ、と父が鼻で笑った。

「都合のいい単語だな。所詮、多様性なんて、少数者の枠に入ることのないマジョリティが勝手に作った言葉だ。そうやって自分の理解の及ばない人たちを、だけど表立っては理解できないとは言えないから、そんな三文字で一つの場所に押し込めただけだ。それで、理解してやった気になってる。そいつらに聞いてみたいよ。お前の親が、子供が、配偶者や恋人が、誰にも理解されないマイノリティだと分かったとき、そんなのは多様性だとへらへら笑っていられるのかとな」

その言葉は僕の胸の奥まで深く刺さる。自分のことを言われているようだと思った。僕はアロマンティックでありアセクシャルであると告白した千凪を、受け入れられなかった。まさに父が言うような人間になってしまっている。

「何度も言うけど。そんなこと、父さんが気にするようなことじゃない。当人同士が決めることだ」

「本当にお前はそれでいいと思ってるのか？　思ってるから、未だにお前は独り身なんだろうな。俺や母さんや一番が、そんな人間が家族の中にいるということで、どれだけ迷惑を被るか分からないのか。息子や兄が、いい歳をして結婚もしないことで、周りに何を言われるんだろうかという想像力を働かせることもできないのか」

「なんだよそれ、馬鹿言うなよ。そんなに僕がいけないことしてるか？　イチの選択が間違ってるか？　結局は、息子が自分の思い通りにならなくて気に食わないだけだろ。男なら、結婚して子供を作って家庭を築くべきだ。そういうくだらない理想像に僕らを当てはめたいだけじゃないか。

いっつもそう、ずっとそうだった。勝手に期待して、勝手に失望して、失敗作のような扱いをしてきて。僕らは父さんの思い描く男っていう形に、ずうっと無理やり押し込められ続けてきたんだ。随分とご立派だよな。自分はさぞかし、素晴らしい男としてここまでやってきたんだろうな！」

兄が咆哮する。長年胸の中に閉じ込めてきた鬱屈が、噴き出した瞬間だと思った。僕はもはや何も口を挟む気にはなれなかった。ずっとずっとつらかったのだろう。男らしさを強要され続け、見放され、失格の烙印を押され。兄は父の呪縛から逃れられ、悠然と過ごしていると思っていた。けれどそれは間違いだった。今の今まで、父の嵌めた足枷に苦しめられ続けていたのだ。

　しかし父は、表情を全く変えないまま言った。

「俺は、うまくできなかったからな。だからこそだ」

　兄の必死の言葉も、父には届かない。僕は絶望的な気持ちになるが、兄は無表情を崩さない。

「どういうこと？　もうちょっと分かりやすく言ってよ」

「俺は両親に、お前のおじいちゃんとおばあちゃんに、かなり甘やかされて育ってきたんだ。そのせいですぐに泣きべそをかいて諦める性格になってしまったし、習い事だって長続きしなかった。運動神経だって良くなかったけど、それを直そうともしなかった。そんな人間だったから、恋愛だってほとんどうまくいったためしはなかったよ。俺は、母さんしか知らないんだ。俺はな、それを大人になってからすごく後悔したんだ。そしてお前が生まれたとき、俺は思ったんだ。この子には、俺と同じ轍を踏ませてはならない、と。だから多少厳しくしてでも、男らしく育てようと決めたんだ。それが、ゆくゆくはお前のためになるからと思って」

「何だよそれ」

はっ、と兄が鼻で笑う。ぞっとするほど、侮蔑のたっぷりと籠った嘲笑だった。

「それ、いい話ふうにしてるつもり？　しんみりしながら言ってみたところでさ、結局、自分ができなかったことを僕で取り戻そうとしてたってだけでしょ。で、それが駄目だったから、イチを代わりにした。それを、お前らのためにしてたなんて恩着せがましく言わないでよ」

父の薄い眉が、眼鏡越しにぴくりと動くのが見えた。父が不機嫌になったときの証に、僕はつい身構える。

「典型的な負け犬の遠吠えだな。一番を見てみろ。いい会社に入って、相応しい結婚相手も見つけて。俺の期待に応えられている弟に、嫉妬してるだけなんだろう、お前は」

矛先が急にこちらに向いてきて焦る。「俺は」と声を上げるが、その先に続く言葉を吐き出せない。今まで凍ったままの表情だった兄の眉間に皺が寄る。

「ねえ、やだ、ねえ。もう、その辺にしておきましょうよ」

兄と父のひりついた空気の中に割って入ってきたのは、母だった。全員が凍てついたような表情を見せる中で、母だけがかろうじて笑顔を作っていた。自分が笑うのをやめれば、全てが駄目になってしまうと感じているかのようだった。

「せっかく家族でこうやって集まって、楽しく食事してるのに。そんなときにこんな言い争いしなくたっていいでしょ？」

食卓のおかずはすっかり冷めているようだった。味噌汁からは湯気が消え、茶碗にこびりついた米粒は硬くなっている。僕の目の前に置かれた料理たちは、半分ほどしか手がつけられていない。

「僕は、楽しいなんて一度も、思ったことない」

兄が吐き捨てる。母が泣き出しそうな顔で、それでも口角だけは必死に上げている。

しばらく沈黙が流れて、兄が立ち上がる。母が「勝利」と声をかけるが、振り返ることなく玄関へと歩いていく。父は何事もなかったかのように食事を再開する。

僕は父と兄を見比べる。逡巡して、僕も立ち上がる。

「一番。ほうっておきなさい」

父の言葉に一瞬足を止める。でも。このまま父の言葉に漠然と従い続けるだけで、本当にいいのだろうか。

「……ごめんなさい」

呟くように謝ると、玄関へ走った。

兄は既に家の外に出ていた。薄い灯(あか)りだけが光った暗い道を、のたりと歩いていた。その丸まった背に「兄さん！」と声をかける。

兄が振り返る。青白い顔が闇に浮かび上がる。呼び止めたはいいものの、その後どうしたらいいか分からない。鼻から息を吸う。夜の冷気が喉と胃をひんやりと冷やしていく。

「どこ行くの？」

僕は尋ねる。「銭湯」と兄が短く答える。兄の白い唇が、不格好に笑みの形を作る。

「イチも行く？」

「うん。行く」

僕は頷いた。拳を握る。手は凍ったように冷たいのに、手のひらは汗でじっとりと湿っていた。

土曜の夜の銭湯は意外と空いていて、小ぢんまりとはしていたが想像していたよりも綺麗な所だった。脱衣所では、骨が浮くほど痩せた老人がのったりと体を拭いていた。僕と兄は脱衣籠の前に並ぶ。兄と一緒に風呂に入るだなんて、いつぶりだろう。気恥ずかしくてわざとゆっくりと服を脱ぐが、兄は躊躇なく裸になっていく。

兄の姿をこっそり盗み見る。ひょろりとした細い手足に、薄い胸板、せり出た腹。お世辞にも引き締まった体とは言えない。優越感を覚えて、すぐに罪悪感を抱く。兄は意に介さぬ様子で風呂場の中へと入っていく。僕も慌てて服を脱いで、兄を追いかける。

鏡に自分の裸が映る。筋肉は弛み、腹筋は消え脂肪で隠れてしまっている。目の下はくっきりと隈で染まり、唇は乾燥し皮が剝けている。無精髭がまだらに生え、肌はかさついている。酷い顔と体だ。兄のことを笑えない。目を逸らして中に入る。

温度の違う二種類の風呂があるだけの、小さな風呂場だった。壁には銭湯らしく、富士山の絵がでかでかと描かれている。僕らは並んで頭と体を洗い、汗を流す。

シャワーで全身の泡を落とすと、僕と兄は湯船に向かう。肩まで浸かると、全身の皮膚がぷつぷつと粟立った。大きなお風呂に入るのはいつぶりだろうか。自然と深い息が口から漏れる。

兄も同じように深く息を吐いた。僕ら以外誰もいない浴室に、二人の吐息の音が広がってぶつかる。そして緩い蛇口から零れる水滴と、手や足の動きに合わせて跳ねる湯。静寂の中にそれらの水音だけが響き渡る。

妙な感覚だった。兄とこうやって並んで一緒にいること自体、随分と久しぶりなのに。まさかその場所が銭湯だなんて。裸の付き合いなんて言うけれど、開放的な気分というよりは戸惑いの方が大きかった。沈黙に気まずさを覚えているのは僕だけのようで、兄は相変わらずの無表情で長い前髪を濡れた手で掻き上げている。

「さっきは、びっくりしたよ」

話しかけると、兄がこちらをちらりと見た。小さく笑って、また正面に顔を向ける。こうして見ると、兄は誰にも似ていないと思っていたのだが、父の面影がどことなくある。三白眼気味の目、高めの鼻、厚い唇。父がかつて兄に執着を向けていたのもなんとなく分かってしまう。

「びっくりした？」兄の低い声が浴室に沈む。

「うん。兄さんが、父さんにあんなこと言うなんて……思ってもみなかったから」

「そうだよな。僕はずっと、あの人に逆らったりしなかったしな」

あの人、という呼称に断絶を感じる。きっと兄にはもう、切れた糸を再び繋ぎ合わせるつもりはないのだろう。そう思うと悲しくなる。

「ていうか、多分、俺のせい、だよね。ありがとう、ごめん」

「そんなことないよ。いつか言ってやろうって思ってたんだ」

「そうなんだね。俺はなんやかんや、兄さんは父さんのことを憎からず思ってるんじゃないかなって……」

「ううん。……嫌いだよ、ものすごく」

兄が唇を噛む。父親のことを嫌いだと言う自分に、耐えているようだと感じた。

「そんなに嫌いなのに、どうしてあの家を出なかったの？」

「約束したからな、あの人と」

「約束？　どんな？」

また、兄が僕をちらりと見た。なのにすぐに、見てはいけないものを見てしまったかのように目を伏せてしまう。

「イチが家を出る代わりに、僕が一生あの家で過ごせって」

「えっ？　ど、どういうこと？」意味が分からない。どういう理屈なんだろうか。

「あの人は、イチをずっと自分の監視下に置いておきたかったんだ。イチがそのまま結婚して、奥さんとあの家に同居してくれることを望んでた。自分が死ぬまで、イチを手放したくなかったんだよ。だから、イチが一人暮らししたいって言ったとき、猛反対したろ」

「確かに、したけど」

そんなこと、一言も口にしていなかった。実家でお金を貯めろとか、自立にはまだ早いとか、そんなもっともらしい理由を並べ立てていた。

「それで、僕が言ったんだ。老後の面倒だろうがなんだってする、お金だってきちんと入れる。だから、イチを一人暮らしさせてやってくれって。あの人は、渋々承知したよ」

僕は今まで知らされていなかった事実に、何も言えなくなってしまった。兄が僕のことを庇(かば)ってくれたという喜びよりも、罪悪感や、どうして今まで教えてくれなかったのだという怒りの方が強い。知らず知らずのうちに庇護(ひご)されていただなんて、気分が悪かった。

「俺のせいで……ごめん」

かろうじて絞り出した声が掠(かす)れる。余計なことをしなくていいのにと思う一方で、兄がそうしてくれなければ今こうやって自由にしていられないのだと考えると、どうにも歯痒(はがゆ)い。

「いいんだ。イチには、あの人の呪いから逃げてほしかったから」

「逃げる」兄の口から発せられた三文字を鸚鵡(おうむ)返しする。

「うん。あの人の重圧から、逃げて自由になってほしかった」

「重圧って、なんだよ」

だんだんと兄に怒りが湧いてくる。恩着せがましいその口ぶりに、父をあの人と呼ぶことに、さっきからちっとも僕と目を合わせないことに。

そもそも逃げるだなんて、したくない。逃げるな、逃げるなんて男らしくない。それは兄が父から幾度となく言われていた言葉だ。そんな兄が、逃げてほしいだなんて僕に言う。

「兄さんと違って、俺にとって父さんからの期待は、重圧なんかじゃない。父さんが喜んでくれるのが嬉しくて、俺がしたくてしてきたことだ。兄さんは確かにその期待に耐え切れなかったのかもしれないけど、俺はそうじゃない。一緒にしないでほしい」

まるで心を見透かされたようで、つい語気が強くなる。兄に僕の努力全てを否定された気がした。父のためにやってきたこと、部活に勤しみ、良い会社に入って良い成績を出して、父が納得してくれるような恋人を連れてくる。それを、呪いなんて両断してほしくない。

兄は目を伏せたままで何も言わない。湯の中で折り曲げた自分の膝を、ひたすらに撫でている。どうして反論してこないのだと苛々する。

だんだんと体が熱くなって、額に滲んだ汗が眉を抜け瞼の方まで垂れてくる。駄目だ。これ以上兄と一緒にいても、ただいたずらに傷つける言葉を吐いてしまうだけだ。一人暮らしをする時も先程も、僕を救ってくれた兄に感謝すべきなのに、素直にできない自分にも嫌になる。

もう出てしまおうと湯船から立ち上がったと同時に、兄が何かを言いかけた。しかしその声は、水しぶきの音で掻き消されてしまう。僕は風呂の縁に腰掛けて、「何て言った?」と問いかける。

「さっき、あの人が言ってたでしょ。期待に応えられている弟に嫉妬してるだけなんだろう、お前は、って」

うん、と僕は頷く。確かにそんなことを言っていた。

「その通りだと思う。僕は、イチがずっと妬ましかった。僕がどんなに頑張ってもできなかったことを、イチは簡単にやってのける。運動神経抜群で、何でも器用にこなして。背が高くて格好良くて、女の子にモテて。仕事も順調で、可愛い彼女まで連れてきて。父さんに、褒められて。兄弟なのに、弟なのに、なんでなんだよって思ってた。ずるいなって、ずっと思ってた。イチがこの家を出る手助けをしたのも、もしかしたら僕の中に、イチを追い出したい気持ちがどこかにあったからかもしれない」

忙しなく髪を掻き上げる兄の手を、斜め後ろから見つめる。正直なところ、それはずっと感じていたことだった。僕が帰省するたび兄が向けてくる視線から感じ取れた濁った感情は、きっと羨望や嫉妬だったのだろう。

「でも、さっき」兄が唾をごくんと飲む。「さっき、イチがあの人に言い返したとき、思ったんだ。本当は全部、イチが望んだことなんじゃなかったのかもって。全部応えられちゃうから、頑張っちゃってただけなんじゃないのかって」

兄が湯から上がり、僕と同じように浴槽の縁に腰掛ける。のぼせたのか、耳や首の辺りが火照ったように赤い。

「それが本当に、イチのしたいことならそれでいい。でももし、他にしたいことがあるなら。あるのに、必死で押し殺そうとしてるなら」

兄がようやく僕の顔を見た。いつも揺らいでいる黒目が、じっと僕を捉えている。

「逃げよう。逃げていいんだ。全部の期待になんて応えなくていいよ。そんなくだらないことで、自分の感情を殺す必要なんて、ないんだ」

兄のこんな優しい声を聞いたのはいつぶりだろう。やめてほしい。そんな声色で諭されたら、心が折れてしまいそうだ。何のために千凪との別離を選んだのか分からなくなってしまう。

「無理だよ。そんなこと、できない。逃げるなんて、情けないし、男らしくないじゃないか」

僕は兄から目を逸らす。湯船の中に浮いた自分の足を見つめる。

「イチは、男らしくいたい？」

兄が優しく問う。僕は「分からない」と首を振る。

「最近、自分が男なことがすごく嫌なんだ。男っていう性別を、捨てちゃいたくなる」

男じゃなければ、千凪の傍にいられたのかもしれない。男じゃなければ、千凪を傷つけずに済んだのかもしれない。何度そう思っただろう。でもその「じゃなければ」は、僕が男だったからこそ千凪に恋をしたのだという大きな矛盾を孕んでいる。

「僕も、何度もそう思ったよ」

兄の声に顔を上げると、視線は既に僕から外されていた。兄が濡れた手で額の汗を拭う。

「運動もできない、彼女もできたことがない、虫は苦手で殺せないし、ホラー映画は一人じゃ絶対に観られない。男らしさなんてもの、微塵も持ち合わせてなくて、男なんて嫌だ、男じゃなければって今でも何度も思うよ。でも、時々ね、男でよかったって思うときもある」

兄の足が湯の中でゆらめく。四つの足が並ぶ。大きさも色も毛の濃さも全く違うけれど、小さな小指とかけらほどの爪だけはお揃いだった。

「今も思ってるよ、男でよかったって。男じゃなかったら、イチとこうやって一緒にお風呂に入ることもできなかった」

兄が笑った。不器用で不格好で、でも懐かしい笑顔だった。

「だから僕は、イチが男でいてくれてよかったとも思ってるよ」

兄の言葉を耳にしたとき、急に目頭が熱くなった。視界が水分を含んで歪む。僕は急いで風呂に浸かり、湯を両手で掬い顔を洗う。

そうか。もしかしたら僕はずっと、そう言ってもらいたかったのかもしれない。垂れてくる洟を啜った。情けない音が、僕ら以外誰もいない浴室に響いた。

兄と一緒に実家に戻り、僕は鞄を手にするとすぐに家を出た。父は仏頂面でテレビを見ていて、こちらを一瞥すらしなかった。見送る母の顔は、いつもより歪な笑みを浮かべていた。

電車に乗っている間、僕は兄の言葉についてずっと考えていた。したいこと。僕のしたいことって、一体なんなのだろう。

千凪と家庭を作りたかった。結ばれて、子供を作って、一生添い遂げられればどんなに幸福だろうかと何度も考えた。その願いはやはり、どうしても今もまだ燻っている。

でも、千凪も幸せでないと意味がない。僕のどうしようもない矜持のために踏みつけにしたくはない。

だったらなんだろう。一緒にいたい。傍にいたい。それもきっと正しい。でもそんな漠然としたものじゃない気がする。

最寄り駅に着く。改札を出て、家への道を歩く。

駅前のコンビニの跡地。看板が出ている。十二月オープン。その文字の下には、筆記体のアルファベットで書かれた店の名前と、食パンやフランスパンのイラスト。

しばらく歩くと、アパートの前を通る。その階段下、僕らがトラ太郎と勝手に名前を付けた野良猫の棲家。そこには、トラ太郎の傍に見慣れない猫が寄り添って一緒に丸まっている。

自宅のマンションのエントランス前に着く。鍵を取り出そうとして、ふと空を見上げる。住宅街、マンションやコンビニが建ち並ぶその真上、暗闇を丸く切り取ったような球体の月が浮かんでいる。

やっと分かった。僕は千凪と話がしたいのだ。

ねえ、あそこのコンビニあったとこ、パン屋になるみたいだよ。弁当屋にならないかなって言ってたけどさ、パン屋もなかなかいいよね。

トラ太郎の奴、一丁前に彼女連れてやんの。生意気だよなあ。餌皿も二つ並んで置いてあったりしてさ、アパートの人たちも知ってるみたい。

そんなくだらない話でいい。くだらない話がいい。取るに足らないどうでもいいことを、僕らにしか分からないようなことを、ただ話したい。どんなに歪な関係だっていいから。千凪と、話がしたい。

ポケットからスマホを取り出す。カメラを起動して、満月を写真に撮る。夜の隙間に、煌々と丸い月が輝いている。

千凪とのラインを開く。手が震える。鼓動がうるさい。目も口もからからに乾いている。僕は息を大きく吸うと、その写真を送った。そして、続けてメッセージを送る。

【今日、月やばくない？】

きっとこれが、僕が今したいことだ。

6

二年ぶりの煙草は害悪の味がした。

　自分の部屋の洋服を整理しているときに、コートのポケットに煙草が入っているのを見つけた。それを手にベランダに出る。何年前のものだろうか、ソフトボックスの箱はぐにゃぐにゃで、中の煙草もすっかりしけってしまっている。箱の中には一緒に百円ライターが詰め込まれていて、掠れた音を繰り返したのち、ようやく火がつけられた。

　一番と付き合って以来、煙草は吸っていなかった。一番は、気にしないから吸い続けてほしいと言ってくれたが、私は断った。木嶋くんの放った「女が吸うなんてみっともない」という言葉が未だに刺さっていた。自分を好きだと言ってくれている人に、みっともないなんて思われたくない。我ながら、結構可愛いところがある。

　なんて言いながらも結局は嫌われたくないという保身だ。自分は充分に愛情を与えられないくせに、受け取る愛情を失うのは怖い。愛され続けていればいつしか、自分も愛することができるんじゃないかと期待を抱いていたというのもある。

　折れ曲がった煙草はやたらと苦く、とりあえず一本吸い切ってはみたものの、口の中に濁った苦みが広がって唾液が溢れた。ベランダの床に擦りつけて火を消し、部屋に戻る。ぐらりと眩暈がする。久々に吸ったせいだろう、ヤニクラというやつだ。火を消した煙草を引き出しの奥にあった携帯灰皿に放り込むと、ベッドに転がり込んだ。髪から煙の匂いが漂った気がしたが、そのまま寝返りを打つ。

嫌われないように身構えなくていい日々は気楽だ。休日を一人でだらだらと過ごせる。友人たちとの飲み会で帰る時間を気にしなくていい。とんでもなく楽で安寧で、ずっとこのままでいいじゃんなんて思う。でもそう思う一方で、どこか据わりの悪い感覚もある。

枕元に放り投げてあったスマホに手を伸ばす。通知オフにしていたラインにはメッセージが溜まっていた。八十八。その数字の多さにぞっとする。

先々月の飲み会以来会っていなかった奈々子が、今朝ラインを送ってきた。【大きくなってきた】という文字と共に、奈々子の自撮り写真も一緒に送られてくる。体にフィットしたニット越しに、膨らんだお腹がはっきりと見て取れる。

この前会ったときはそこまで目立たなかったのに、たった二ヶ月でこんなに大きくなるのか。

驚いて返事をすると、結衣が【私もそんなときあったなあ】と入れてくる。

そこからは結衣の独壇場だった。自分の子供たちの小さい頃の写真を【懐かしい】【このときは可愛かったなあ】と次々と送ってくる。奈々子が【かわいいー！】【うちの子もこんな感じになるのかな】と応酬する。最初の内は相槌を打っていた桜は、後半になると一切反応しなくなっていた。苦虫を噛み潰したような表情の桜が目に浮かぶ。子供の話はまだ続いていた。

桜から個人でメッセージが来ていることに気付く。

【まじ居心地悪い～笑】

私は苦笑しながら返す。

【あの流れ、何年か前にも見たよね笑】

【見た見た。あの悲劇の再来だー】

数年前、結衣が子供を産んだときも似たようなことがあった。毎日のように送られてくる写真や動画。最初は私たちも友人の子供だということもあり、可愛い可愛いと持て囃していたが、あまりにも続きすぎて次第にげんなりとしていった。

子供が乳離れをして四人で会おうとなったときも、結衣は子連れだからあまり遅い時間は無理、自分の家から近いところにしてくれ、小さい子がいても問題のないところがいいと注文をつけ、結局落ち着かない集まりとなってしまった。私たち三人は正直辟易していた。

桜の言う悲劇の再来とは、きっと同じようなことがまた奈々子にも起きるだろうということだ。実際、以前子供の写真を結衣から見せられたときは彼女が最もうんざりしていた様子だったのに、今は何も言ってこない。

だが桜も彼氏ができたときには、ツーショットの写真を送ってきたり惚気話をしてきたりを繰り返している。みんな、大事なものができると変わってしまうのだろうか。その感覚が私には全く分からない。

誰も言わないけれど、人生においてヒエラルキーというのは絶対に存在する。恋人がいる、結婚している、子供がいる。この世界は、そのステータスがある人たちの方が生きやすくできている。

様々な生き方が認められているなんて言うけれど、世間は結局のところそれほど優しくないのだ。

持っている人たちは言う。すごくいいものだよ、持った方がいいよ。純粋な親切心で教えてくれる。余計なお世話だ。

桜が言っていた「居心地が悪い」という言葉が皮肉にもしっくりくる。大学時代はあんなに楽しくて何も考えずはしゃげたのに、じわじわと居場所を失っていっている気がする。

そこから抜け出すために、私は一番を利用しようとしていた。考えるたびに罪悪感で胸が痛む。やっぱり私たちが別れるのは必然だったと思う。

一番のことだ、きっとすぐにいい人が見つかる。私も居心地の悪さを感じながらも、ゆるゆるとどうにかやっていくのだ。それが私たちのベストなのだろう。

「千凪、服の整理終わったの？」

母がノックもせずに部屋に入ってくる。床に散らばったままの服たちを見て顔を顰(しか)めた。

「ちょっと何よこれ、こんなに散らかして。さっさと片付けなさいよ」

「はいはい。やるよ、やるやる」

「はいはい、じゃないわよ。だらだらしてるんなら夕飯手伝ってよね」

「分かった、分かりましたよ」

手にしたスマホを再びベッドの枕元へ放り投げ、母と一緒に一階へ降り台所へ向かう。

テーブルの上には、ボウルに入ったひき肉と、餃子(ギョーザ)の皮、大皿とスプーンが置いてあった。

「何？　今日、餃子？」

「そう、餃子。真凜がね、餃子食べたいんだって」

「え、何、今日美波たち来るの？」

「そうよ。言わなかったっけ？」

「初耳だよ。そういうのちゃんと教えてよね」

母は時々、私が美波を避けているのを知っていてわざと来訪を知らせなかったりする。姉妹の仲を気にしてのことなのだろうが、正直なところ迷惑だ。

「いいからほら、早く手伝って。手洗って、餃子包んで」

分かりましたよ、と言われた通りに手を洗い、母の隣に座る。

「やだ、あんた煙草臭い！　吸ったでしょ！」

「あーうん、一本だけね」

「ちゃんとベランダで吸ったでしょうね？　壁に匂いつけないでよ！」

「ベランダで吸いました。ていうかもう吸わないから大丈夫だよ」

「そうそう、あんなもの百害あって一利なし。あらあんた、餃子包むのうまいわね」

「お母さんが下手すぎるんじゃないの？　ひだ全然作れてない」

「いいの！　包めればいいのよ。最悪ひだなんていらないのよ」

「確かに、これ何の意味があるんだろうね」

「餃子業界の策略よ、きっと」

「そうやって何でもかんでも企業の策略にするのやめなよ」

話しながらも種を包んだ餃子はどんどんと作られていく。様々な話題が飛び交うが、母は一番のことには決して触れようとしない。今まで週の半分は家に帰ってこなかった娘が、急に毎日帰るようになった。当然何かあったことには気付いているはずだ。

餃子を全て包み終えた頃、美波がやってきた。私の顔を見ると「あ、いたんだ」とにやつく。真凜がリビングへと駆けていって、棚から玩具を引っ張り出した。積み木や絵本が絨毯の上に散らばる。たったそれだけで、あっという間に家が子供の匂いで充満する。

リビングの真ん中で、真凜がお絵かきボードに絵を描いている。母がその横に座り「何描いてるの?」と訊くと「ママ!」と勢いよく答えた。「えー、ありがとうー」と美波が笑う。母が愛おしそうな表情を浮かべ、真凜の頭を撫でている。私はその様子を、ダイニングテーブルの椅子からぼんやりと眺めていた。

この世界は、私にとって居心地が悪い。

一番と別れ、一人の時間が増え、色々なことを考えるようになった。

私はこの先、どう生きていけばいいのだろう。私は誰かに恋することはきっともうない。また誰かと付き合う気はないし、偽装結婚のような形もこりごりだ。私は一人で生きて、一人で死んでいくのだろう。

強がりではなく気は楽だ。煩わされることもなければ煩わせることもない。

だけど時折不安が押し寄せる。私はいつまでこのままでいられるだろう。母はいつか死ぬ。伴侶も恋人もおらず、ひっそりと孤独にこの家で過ごす自分の姿を想像すると、たまらなくぞっとするときがある。

私と同じアロマアセクの人は、一体どうしているのだろう。そう思って調べてみたことがある。すると、あるコミュニティを見つけた。セクシャルマイノリティの会。様々なセクマイの集まりがある中で、そこにアロマアセクのものもあった。

最初は、ふーんこんなものがあるんだ、程度だった。どちらかというと抵抗感すらあった。まるでクラスの班決めのとき、友人がいない者同士がとりあえず集まって班を作るような、そんな感覚。言ってしまえば、傷の舐め合い。

でも自分の今後を模索するたび、そのコミュニティの存在が頭にちらついた。私は、私の人生の歩み方が分からない。

そしてある日、その団体の問い合わせフォームにメッセージを送った。

【はじめまして。アロマアセクを最近自覚した者です。良ければお話を伺いたいと思いご連絡しました】

短い文だった。送ってから、早くも後悔し始める。そもそも、自分が本当にアロマアセクなのかも分からない。その存在を知ったとき、自分のことだと確信を得たつもりではあったが、何かの証明をしてもらったわけでもない。いざ会って話してみて、お前は仲間なんかじゃないと思われたらどうしよう。そもそも、そんな簡単に会ってもらえるんだろうか。何か審査のようなものがあるのかもしれない。

うじうじと悩んでいると、早速返事が来た。メールを開く。

【はじめまして、団体代表の一ノ瀬と申します。このたびはメッセージありがとうございます！】

そんな文面から始まっている。団体がアロマアセクの人たちのための集まりであることや、定期的に集まって活動していることがつらつらと書かれていた。

そこからはとんとん拍子に話が進み、あれよあれよという間に会うことになった。再来週の土曜日、池袋駅で待ち合わせ。約束を取り付けてメールを終わらせる。

自分と同じ、アロマアセクの人と会う。どんな人なんだろう。一体何を話せばいいんだろう。会ったところで、何か変わるんだろうか。新たな不安が顔を出して、緊張と混ざって渦を巻く。

そんなことを考えている間に、待ち合わせの日になった。午後三時、池袋駅出口、東側と西側を結ぶウィロードへの入口のすぐ近く。上下黒い服を着たショートカットの女性。与えられた情報を基に、一ノ瀬さんを探す。

トンネルの横に、黒いパンツのセットアップを着た女性が立っていた。少年のようなベリーショートだ。すらっとした長身で更に高いヒールのブーツを履いているので、かなり目立っている。声をかけづらく辺りをうろうろしていると、はたと目が合った。彼女が笑みを浮かべたので、私は会釈する。

「こんにちは。ヒールの音を立ててこちらへ向かってきた。メール戴いた神崎さんですか？」

「あ、はい。神崎です」

「一ノ瀬です。今日はわざわざお越しいただいてありがとうございます」

一ノ瀬さんが深々とお辞儀をする。私も合わせて頭を下げる。

「そこの喫茶店、予約してるんで。行きましょうか」

指差した先には、確かに喫茶店の看板が見えた。二人で向かう。階段を上って入ったその喫茶店は、どこかレトロな感じのする静かな店だった。窓際の席に通される。

「改めまして、一ノ瀬と申します。よろしくお願いします」

名刺を渡される。【Sans(サン)　Couleur(クーラー)代表　一ノ瀬千枝(ちえ)】。Sans　Couleurは、一ノ瀬さんが代表を務めるアロマアセクの人たちに向けて活動している団体の名前だ。フランス語で「色がない」という意味らしい。恋をしない、欲がない、つまり色がない。そこから名付けたのだとメールで言っていた。

「とりあえず注文しましょうか。何にします？」

一ノ瀬さんがメニューを広げてこちらに見せてきてくれる。白い指にワインレッドの爪が妙に艶(なま)めかしかった。「じゃあ、ホットのコーヒーで」と答える。

「ケーキとかは大丈夫ですか？　いっぱいあるみたいですよ」

「あ、私は結構です」

「本当にいいんですかー？　私は食べちゃいますけど。チーズケーキにしようかなあ」

おどけた言い回しで笑う。目尻(めじり)にくしゃっと皺(しわ)が寄って、子供みたいな笑顔になる。

「じゃあ、マロンケーキセットにしようかな」

「そうしましょう、ぜひそうしましょう」

すみません、とよく通る声で店員を呼び、注文をする。よろしくお願いします、と笑う姿は人懐っこく、第一印象の近寄りがたさとのギャップがすごい。

モデルのような体形、ベリーショートがよく似合う美人。ホームページでは三十九歳と書かれていたが、とても見えない。愛想も良いし、さぞかしモテるんだろう。ああでも、この人も私と同じアロマアセクなのか。もったいない。

そこまで思考を巡らせて、「もったいない」と感じてしまった自分を恥じる。その類の恋愛的な考え方をされるのが、私は何より嫌いだったはずなのに。無意識に自分の中にも根付いてしまっている。

ケーキとコーヒーのセットが届く。一ノ瀬さんは角砂糖を二つ入れかき混ぜると、美味しそうにコーヒーを口にする。

「早速ですけど、神崎さんがお聞きになりたいことってどんなことですか？」

ケーキを切り取ろうとしたフォークを持つ手が止まる。そういえば、話を聞きたいとメッセージを送ったんだった。

聞きたいこと。聞きたいことって何だろう。確かに自分の人生に対して不安があった。他の同じような人たちはどうしているのか知りたかった。でもその疑問をどう言葉にしていいか分からない。

躊躇していると、一ノ瀬さんがカップをソーサーに置いた。かちゃんと陶器が触れ合う音がする。

「それじゃあ、私の身の上話を聞いてくださいますか？　退屈かもしれないですけど」

「あ、はい。ぜひ聞きたいです」

フォークを置き、思わず居住まいを正す。「大した話じゃないんですけどね」と一ノ瀬さんが笑う。

「私がアロマアセクだって自覚したのは大学生のときでした。当時はそんな言葉なかったから、単に『自分は恋愛とかに興味がないんだな』って程度でしたけど」

「大学生……早かったんですね」私はこの歳になるまで気付かなかったというのに。

「別に早いからいいってもんでもないですよ。私の場合、ただ単に割り切るのが早かったってだけかも。自覚する前から、恋バナっていうのが嫌いで嫌いで」

「分かります。私も嫌いでした」

「ねー、嫌でしたよねー！　修学旅行で、こう枕並べて、言うじゃないですか。ねえねえ、みんな好きな人とかいる？　って。みんなクラスの人気者とか若い先生の名前とか挙げて、分かるーとか趣味悪いーとか。で、一ノ瀬はどう？　って訊かれて、正直に答えるわけですよ。いないけど、って。そしたら、えーそうなんだー、って。なんか憐れみを感じるような反応。ほっとけや！　って思いませんでした？」

「思いました！　好きな人がいないってだけでなんでそんな言われ方されなきゃいけないの？って」

「ねー、ですよね！　ただの片思いで偉そうにするなっつーの！」

私たちは笑い合う。誰とも共有できなかった話で、こうやって同調し合えることが嬉しかった。

「でね、そういうのを繰り返していくうち、私は気付いたんです。あ、私って、恋愛とかセックスとかしたくない人なんだ、って。ならもう諦めて、性愛のない世界で生きよう、って。……あ、遠慮なく食べてくださいね！」

勧められて、礼を言いケーキを口にする。甘さが控えめで美味しい。一ノ瀬さんも合わせるようにチーズケーキを口に運んでいる。

「すごいですね、そんなふうに早々と自認できるの。私はいつまでもうじうじしてました。もしかしたら、まだ本当に好きな人ができていないだけで、いつか恋愛感情を手に入れるときがくるかもしれないって」

もう少し早く気付いていれば、と何度思ったことだろう。一番を傷つけずに済んだのかもしれないのに。

「うーん、私は珍しいタイプだと思いますよ。いろんな方のお話聞きましたけど、神崎さんのように悩んでらっしゃる方のほうが多いです。私は諦めが早いのかもしれませんね」

いろんな方、という言葉につい反応してしまう。この世界に、私たちのように悩んでいる人は一体どれくらいいるんだろうか。

「私は自認した日から、周りにそのことを伝えるようにしました。私は誰も好きにならないよ、誰とも付き合わないよって。友人にも、親にも」

「えっ、それもすごいです。私、まだ誰にも話せたことがなくて」元彼以外は、と心の中で付け足す。

「カミングアウトするしないも個人の自由ですよ。したからすごいとか、しなかったから駄目だとか、一切ないです。私の場合はただ、したかったからしただけ」

　友人に、妹に、母に。もしカミングアウトしてみたらどんな反応が返ってくるだろう、と想像してみる。首を傾げられる。一笑に付される。眉を顰められる。好意的な反応になるとは、とても思えない。

「伝えてみて、どうでしたか？　理解してもらえましたか」

「ぜーんぜん」肩を竦め、大袈裟に首を振ってみせる。大きなイヤリングがしゃらしゃらと揺れた。「みんな、何言ってんだこいつって反応ばっかりでしたよ」

　やっぱり、そうなるのか。私は熱さの落ち着いてきたコーヒーを口に含む。

「でもね、一人だけ理解してくれた子がいたんです。大学の同級生の男の子でね。私の話を聞いて、もしかしたら自分も同じかもしれない。今まで誰も好きになったことがないんだって」

「え、すごい。それは、なんていうか、嬉しいですね」

「ねー、嬉しいですよね。そのことがきっかけで、私たちすごく仲良くなったんです。一緒によく行動するようになりました。いろんなところに出かけたり、お互いの家に泊まったり、旅行にも行ったりしました。傍から見たらたぶんカップルに見えたんでしょうけど、実際は手を繋いだことすらなくて。そんな関係がすごく気安くて、大切な友人でした。同志のような感覚もありました」

　一ノ瀬さんの喋り方はとても滑らかで、ハスキー気味の声も心地良く耳に響く。彼女は団体の代表として、いろんなところに講演会に回ったりもするらしい。きっと話すということに慣れているのだろう。

「でも、ある日急に言われたんです。一ノ瀬のこと、好きになっちゃった、って」

「えっ！」思わず声が出てしまう。「でも、その彼、アロマンティックじゃなかったんですか？」

「アロマンティックの定義って、やっぱり難しいんですよ。今まで誰にも恋愛感情を抱かなかったっていうのは、きっと嘘じゃないと思うんです。でも彼の場合、たまたまそういう相手に出会わなかったってだけだったんでしょうね。それで、ありがたいことに、初めて好意を持った相手が私だったってことです」

確かに、定義が難しいというのは分かる。私だって自分自身が割り切れていない部分がある。アロマアセクだと自覚はしているけれど、心のどこかで未だに、誰かを好きになって人並みの幸せを手に入れられるのではないかと希望を抱いている。

「それで、どうしたんですか？」

「もちろん、丁重にお断りしました。以前話した通り、私は他人のことを好きになれないし、性欲も抱けない。だからあなたの気持ちには応えられない、って。彼は分かってくれましたよ。そのことはきちんと理解していて、その上でどうしても気持ちを伝えたかったんだ、って。だけど忘れてほしい、今まで通りに接してほしいって言われました」

「今まで通り……できましたか？」

「私もできるかなって不安だったんですけど。でも彼は私の大切な友人だったから、関係性を失いたくなかったんです。だから彼の言葉を受け入れることにしました。最初はちょっとぎこちなかったけど、だんだんと今まで通りの関係に戻っていって、私はほっとしました。やがて何事もなかったかのように接し合うことができるようになりました。ある日、いつものように、彼の家に泊まったんです。彼がベッドに寝て、私がその横に布団を敷いて。そこで私、レイプされたんです」

私は言葉を失う。一ノ瀬さんがあっさりと口にしたその三文字の言葉が、鋭く胸に突き刺さった。

「寝ていたら、違和感があって目を覚ましました。そうしたら彼が、私のスウェットのズボンを下ろしていたんです。はじめは何が何だか分からなかったけど、パンツを脱がされたところで激しく抵抗しました。でも腕を押さえつけられ、口を塞がれて、犯されました。彼はごめんごめんと泣きながら、私の中で果てました。それが私の最初で最後のセックスです」

彼女はまるで朗読のように語るが、その行為でどれだけ尊厳を奪われたのか、同じ女として、アロマアセクとして痛いほど分かってしまう。自分が被害を受けたかのように胸が痛む。ひどい、と思わず口にしていた。

「ひどいですよね。私もショックでした。でも今思うと、私も酷なことをしていたなって思うんです。いくら彼が望んでいたとはいえ、今まで通りに接し続けるということは、彼にとって地獄だったんじゃないかって。好きな人が近くにいる、隣に寝ている、でも何もすることはできない。きっとそんな我慢が、あの晩に爆発しちゃったんだろうなって。私も彼をふったのなら、責任をもって彼を突き放すべきだったんです。だからといってもちろん、彼のやったことは許されることではないですけどね」

その話を聞きながら、私はあの晩のことを思い出していた。一番が私をソファに押し倒し、襲おうとしたあの晩。一番も、その彼と同じような思いだったんだろうか。

「その後、彼とは連絡を取ることがなくなりました。というより、私が男性と接することができなくなってしまったんです」

「トラウマ、みたいなことですか」

「そうなりますね。大学の学生たちも、教授も、私を甚振った性器をぶら下げているのだと思うと、おぞましくて仕方なかったんです。話すだけで吐き気がして、顔を見るだけで鳥肌が立ちました。もちろん大学は続けられなくて、退学しました。私には父と兄がいるんですが、彼らと同じ家に住むこともできなくなりました。母と一緒に別居し、精神科に通うようになりました」

凄絶になっていく一ノ瀬さんの人生に、私は何と口を挟んでいいか分からない。コーヒーカップに指を添えるのすら躊躇して、手は膝に置いたまま拳を作っている。さっきまであったはずの共感は、既に引き剝がされてしまっている。

「そこからは大変でしたねえ。何しろ男性の顔を見るだけで吐いてしまうんですから、電車にも乗れなくて、病院に行くにも母の車の送迎つきです。男性患者と鉢合わせしないように裏口から病院に入り、女性の先生に診てもらっていました。もうそんな状態ですから、恋だとか愛だとかそれどころじゃないんです。とにかく人間らしい生活を取り戻すことが最優先でした」

「今はもう、大丈夫なんですか？」

「はい。御覧の通りです。街も歩けるし電車も乗れる。講演会で、男性がずらりと並ぶ前でべらべら話すことだってできちゃいます」

冗談ぽく両腕でガッツポーズを作ってみせている。おどけた口調ではあるが、そこに至るまでは想像を絶する苦悩があったに違いない。

「職業復帰も徐々に行いました。最初は誰とも顔を合わせないで家でできる仕事をして、そこからだんだん人と接するようにしました。今は、女性向け雑誌の編集の仕事をしています。女性ばかりの職場で、居心地がいいんですよ。もちろん完全に男性と関わらないわけではないのですが、やっぱり気楽ではあります」

「そうなんですね……そんな状態からこうやって人の前に出られるようになるなんて、すごいです」

「逆に、自分が苦しんだからっていうのはあると思います。アロマアセクという言葉を知って、同じように苦しみを抱えている人がいるんだ、って思ったんです。私がそうだったように、きっと孤独を感じているに違いない、って。そんな人の助けになりたくて、活動を始めました。苦しんでるのはあなただけじゃないんだよ、私もなんだよーって。傍(はた)から見たら、傷の舐め合いなのかもしれないけど」

傷の舐め合い。そのワードにどきりとする。私が団体の存在を知ったとき、最初に頭によぎった言葉だ。

「でも、傷を舐め合ったっていいじゃないですか、ねえ？　それで傷が癒(い)えるんなら、なんぼでも舐めまくった方がいいって思うんです。周りの目を気にして自分を傷つけるなんて、馬鹿げたことだと私は思います」

淡々としていた一ノ瀬さんの声は、どんどんと熱が籠もっていった。出身が西の方なのか、時折関西訛りが入る。信念や理想が次々と吐き出されて、喫茶店のテーブルの上に浮かんでいく。いつもこんな調子で講演をしているのだろう。彼女から漂うカリスマ性や、政治家のような明朗とした喋り方は、確かに人の心を摑むのかもしれない。

だけどどうしてだろう、全く心に響かない。すごいですね、さすがですと彼女を褒める言葉だけが上滑りする。彼女の苦悩は分かる。理念も立派だと感じる。でもそんな簡単に言わないでほしい、と思ってしまう。周りの目を気にしないことが、ひいては自分を傷つける結果になることだってある。誰もが差し伸べられた手を素直に握ることができるわけではない。

まるで水の中にいるかのように、一ノ瀬さんの熱意が膜がかかって耳に届く。結局のところ、私は彼女の「お客様」ではないということなのかもしれない。ああ、ここにも私の居場所はないのかと絶望的な気分になる。

きっと私はまだ恵まれている。こうやって救われる方法が目の前に提示されているのだから。それなのに。

「それで、今の活動をするに至ったんです」

一ノ瀬さんが話し終える。私は深々と頭を下げる。しっくりこなさを抱えたまま。

「お仕事の合間に、大変じゃないですか」

「そうですねえ、大変じゃないって言ったら嘘にはなります」にこ、と完璧な笑み。「色々やってますからね。講演会に、アロマアセクの人たちを囲んだ談話会。それに、シェアハウスの管理もしなくちゃいけないし」

「シェアハウス？」

思わず反応する。「そうなんですよ」と一ノ瀬さんが脚を組み替える。

「トラブルのもとになるので、公表はしていないんですけど。シェアハウスの取りまとめも行ってるんですよ」

「そのシェアハウスっていうのも、やっぱり……」

「はい。もちろん、アロマアセクの方々のみ集めています」

シェアハウス。その単語に、初めて心が動いた。

一人で生きるのが怖い。誰も傍にいないままの人生が怖い。そう感じているのは私だけではなかったということだ。同じ状況の人々が集まって、助け合いながら過ごす。すごく理想的な形のような気がした。

私の反応に一ノ瀬さんは目敏く気付いたようで、ケーキの最後の欠片を口に放り込むと、咀嚼しながら私をじっと見つめた。嚥下すると、またにっこりと笑みを浮かべる。

「よかったら、見学しにいらっしゃいますか」

「え。いいんですか」

「もちろん。実は、ここからちょっと歩いた先にあるんですよ。談話会も家のリビングで行ってるんです。もし、神崎さんに興味がおありなら、ですけど」

尋ね方にどことなく意地の悪さを感じながら、ぬるくなったコーヒーを見つめる。カップの中で漆黒が揺れている。ぼんやりと不安げな私の顔が映っている。そこから目を逸らすように顔を上げると、「よろしくお願いします」と頭を下げる。

「ありがとうございます。興味を持ってくださって嬉しいです」

一ノ瀬さんがにっこりと美しく笑った。


そのシェアハウスは、西口前の大通りをまっすぐ行って、曲がって公園を抜けたところにあった。見た目はまるで古い雑居ビルで、部屋も住居というよりはオフィスの一室のように見えた。モニターなしのインターホンに、郵便受けのついたドア。年季はそれなりに入っていそうだ。一ノ瀬さんが鍵を取り出し、ドアを開け「ただいま」と声をかける。

部屋の中は思ったより広く綺麗だった。リノベーションされているらしく、床や壁紙は建物の古さを全く感じさせていない。メゾネットタイプのようで、玄関のすぐ横に二階へ上がる階段が見える。

「思ったより古くてびっくりしたでしょ?」一ノ瀬さんが笑いかける。

「あ、いえ、そんな」

「築年数は結構経ってるんだけどね、元々オフィスで使ってたところをシェアハウス用に改装したらしくて、中は綺麗なの。さ、どうぞ、上がってください」

「はい。お邪魔します」

靴を脱ぎ部屋に入ると、辺りを見回す。少し長めの廊下があって、その奥にはドアの窓からソファがちらりと見えた。おそらくそこがリビングなのだろう。廊下に沿っていくつかドアがある。目を走らせていると、一ノ瀬さんがこちらへ振り向いた。

「一階にはリビングとキッチン、お風呂とトイレがあります。トイレは二階にもあって、住居用の部屋は一階に二部屋、二階に四部屋の計六部屋です。私の部屋はここです」

そう言ってリビングに最も近いドアをこんこんと叩く。

「今日は土曜日だから、みんな出払ってるかもしれませんね。談話会がある日はなるべくいるようにはしてくれているんですけど」

一ノ瀬さんがリビングに続くドアを開く。広々とした空間が視界に入る。

大きな窓に、グリーンのカーテン。テレビの前にはローテーブルとL字型のソファ。中央には、全員で食事を摂ることもあるのだろうか、縦長のダイニングテーブルと六脚の椅子。傍にはカウンターキッチンがあり、中では金髪の若い青年がオレンジジュースを飲んでいた。

「陣内くん。いたんだ」と一ノ瀬さんが彼に声をかける。

「うん。今帰ったところ」

彼と目が合う。会釈をすると、彼もぺこりと頭を下げる。髪の根元が黒くなっているのが見えた。

「彼女が、今朝話した連絡くださった方、神崎さん。神崎さん、彼はここの住人で、陣内くん。住人最年少の二十五歳です」

「二十四だよ、四。間違えないでよ」

派手な髪色とその拗ねたような口調は、彼をもっと幼く見せていた。「よろしくお願いします」と私がもう一度頭を下げると、「どうも」と首を突き出すような仕草で返される。

「彼と私を含めて、住人は四人。男二人女二人で、最年長は四十三歳。性別も年齢もばらばらですけど、共通点は、アロマンティックか、アセクシャルか、もしくは両方か。部屋は六部屋あるので、まだ余ってますよ。どうですか？」

いきなり誘われ、反射的に首を横に振る。さすがにまだ覚悟ができていない。一ノ瀬さんがくすりと笑った。

「彼、陣内くんも、性的欲求を誰にも何にも抱かない、つまりアセクシャルなんです」

「アロマアセクのルームシェアのいいところは、男女のどろっとしたことが起きづらいところだよね。恋愛リアリティショーで見るみたいなやつ、ああいうの僕、怖気がするもん」

陣内さんが心底不快そうな顔で舌を出す。飲みかけだったジュースを飲み干し、空になったコップをシンクに置くと「ちゃんと自分で洗ってよ！」と一ノ瀬さんが小言を投げつける。はいはい、と陣内さんが唇を尖らせる。

その様子はまるで歳の離れた姉弟のようで、男女の色気のようなものはない。確かに陣内さんの言う通り、性的な匂いを感じないところはこの家のいいところなのかもしれない。

「さっきお話しした通り、定期的に行われる談話会は、ここで行われます。このテーブルを囲んで、参加者それぞれが自分の体験を話したり、悩みを吐露したりしています」

テーブルの表面を撫でると、その手のひらをこちらへ向け「どうぞ、お座りください」と促してくる。言われるがままに腰を掛けると、目の前に一ノ瀬さんが座った。陣内さんもいつの間に注いだのか、緑茶の入ったグラスを私の前に置くと、一ノ瀬さんの隣に座る。まるで面接のような配置に、私は妙な気まずさで俯いてしまう。

「神崎さん」やたらと穏やかな一ノ瀬さんの声が降ってくる。「良かったら、談話会の代わりということで、神崎さんのお話聞かせていただけませんか？」

「えっ、わ、私ですか。私の話なんて、ちっとも面白くないですけど……」

「面白いとか面白くないとか、そんなことはどうでもいいんです。神崎さんは何か思うところがあって、我々に連絡くださったんですよね。どんな形であれ、アロマアセクである自分に悩みがある。それなら、ここで何かを吐き出すことによって、解決の糸口が見つかることもあると思うんですよ」

この人の前だと、自分がまるで丸裸にされた子供になったような気分で、据わりが悪い。それを心地が良いと感じる人もきっといるのだろうが。でも一ノ瀬さんの言う通りだった。私は自分の中にあるもやもやをどうにかしたくて、彼女たちに連絡をした。

けれど、一体どう話したらいいのだろう。視線を彷徨わせていると、陣内さんとふと目が合う。

「あー、何？　男がいると話しづらい？」

指で毛先をくるくるといじっている。私は慌てて首を横に振った。

「ああいや、ごめんなさい。そういうわけじゃなくて」

「まあ、話しづらいのは分かるよ。僕も初めて来たとき、自分の話するのすっごくやだった。でもさ、体験とか気持ちとか口にするのって、結構すっきりするし、意外とそれだけで自分の感情を整理できたりするもんだよ」

彼が椅子を引いて座り直す。見た目の軽薄さとは裏腹のゆっくりと諭すような口調は、やはり一ノ瀬さんの影響なんだろうか。

「僕は昔から、性欲っていうものが全く理解できなくてさ。小学校高学年辺りから、周りがエロいことで盛り上がっているのに全然ついていけなかった。あそこを触れば硬くなるし射精もするけど、僕にとってはそれはしなきゃいけないからするっていう歯磨きみたいなもので、性的興奮は一切なかった。でも厄介なことに、恋愛感情はあるんだ。好きな子ができた。嬉しいことに、付き合えることになった。でもセックスはしたくない。そんな悩みにぶち当たるようになった」

テーブルの上で、彼の手が片方の手をさすったり指を鳴らしたりと忙しなく動いている。広い袖口(そでぐち)から覗(のぞ)く腕が折れそうなくらい細い。視線も部屋の中をあちこちに彷徨っている。

「初めてセックスをしたとき、嫌悪感で吐きそうだったよ。今まで可愛く見えていた女の子が、服を脱いで脚を開いた途端、醜悪な肉塊にしか見えなくなった。僕の汚いものを出し入れされて、甲高い声で叫ぶのを目の当たりにすると、もう本当に、気持ち悪かった。それでもどうにか耐えて終わらせて、それからはなるべくしないようにしてた。そしたら今度は彼女が不安がるんだ。本当は愛されてないんじゃないかとか、浮気してるんじゃないかとか、もう飽きちゃったんじゃないかとかさ。だから僕は込み上げてくる不快感に耐えながら、でも頑張って何度も最後までしたよ。彼女のことが好きだから、嫌われたくないし、傷つけたくなかったから」

「……私も、そうでした。相手のことを傷つけたくないから、彼らのことを受け入れてました」

だけど、気持ちが分かるとはとても言えない。私は身動ぎせずただ黙って身を任せていればいい。でも、男である陣内さんの場合はそうもいかない。つらい、苦痛だと感じながらも自分から動かなければならない。しかも相手は、私とは違ってきちんと好意を抱いている相手なのだ。傷つけたくない、という思いは私なんかよりもずっと強かったはずだ。

それでも彼への同調をきっかけに、自然と言葉が口を衝いて出た。学生の頃感じた、周りへの違和感。安倍川くんや木嶋くんと付き合ったこと。親や妹に対する引け目。

そしてやがて、一番の話へと進んでいく。見た目も性格も完璧な彼のことなら好きになれるかもしれないと感じたこと。でも結局なれなかったということ。彼の実家に連れていかれ、プロポーズされ、それなのにちっとも嬉しくなかったこと。そこで初めて、アロマンティックやアセクシャルという言葉を知ったということ。

「初めは別れようとしました。でも、できなかった。彼は私との結婚を望んでいて、それは私じゃない方がいいって分かってるのに、彼と離れるのが嫌だって思ってしまったんです」

「離れたくなかったんだ?」

一ノ瀬さんが鸚鵡返ししてくる。私の話に何の感想も挟むことなく、ただそれだけを繰り返す。

「はい。だから、偽装結婚っていう形を提案しました。彼は私がアロマアセクであることを理解して、決して手を出さないと誓ってくれました。でも……やっぱり、うまくいかなかったんです。

なんとなくすれ違いが増えていって、それで」

　ごくりと唾を飲み込む。あの晩、薄暗い部屋のソファで、今まで見たことのない顔で私に覆い被さる一番の顔が脳裏に蘇る。

「ある日……彼に、襲われたんです。ソファに押し倒されて」

「うわっ、何それ。最低じゃん」

　今まで黙っていた陣内さんが、急に口を挟んでくる。唇をへの字に曲げ、苦々しい表情を浮かべていた。

「これだから男ってやつはよー。頭ん中やることばっかなんだよ、汚らわしい。そんなんするなら、手出さないとか約束するんじゃねえっつーの。猿かよ」

　侮蔑の滲んだ口調だ。思ってもみなかった反応に戸惑っていると、隣の一ノ瀬さんが彼の頭をぺしんと叩いた。「あ、いってぇ」と陣内さんが叩かれたところを押さえる。

「そういう言い方はよしなさいって言ってるでしょ」

　私に向き直ると、「ごめんなさい、神崎さん」と頭を下げてくる。一方で隣の陣内さんは、唇を尖らせ頬杖をつき、叱咤に納得していない様子だ。

「でも、そいつが最低なのは間違いないだろ」

　陣内さんが不貞腐れた様子で吐き捨てた。最低。その言葉が胸の中に落ちて、波紋を作った。同時に、だんだんとむかむかとしてくる。

「最低とかでは、ないと思います」

低く唸るような声が出た。あからさまなくらい、怒気を孕んだ声だった。陣内さんが頬杖をついたまま、驚いたように目を瞠る。

「最低なんかじゃないです。私が、私が言ったんです。我慢しなくていい、したいならいつでもしてくれって。それに、彼は結局何もしませんでした。踏みとどまってくれたんです。彼は、言いました。嫌われたくない。私に、嫌われたくないって」

一番の声が聞こえる。千凪に、嫌われたくないんだ。絞り出すような悲鳴。私は、何も言ってあげられなかった。

「それって私たちと同じじゃないですか。相手に嫌われたくないから、傷つけたくないから、耐えてきた私たちと。彼は耐えたんです。私を傷つけまいとして。どこが最低なんですか。全然、まったく、最低なんかじゃないです」

大きく息を吸う。乾燥した空気が喉を通り肺に落ちていく。二人がきょとんとした顔でこちらを見てくる。きっと引かれているんだろうと分かっていても、気持ちの昂ぶりが収まらない。

「結局、私たちは別れましたけど、そのことが直接的な原因じゃないです。私じゃ駄目だなって思ったんです。彼の想いに応えてあげられない、何もしてあげられない私じゃ、彼を幸せにしてあげられないなって。だから、私から別れを告げたんです。でも、本当は、同じだけの愛情をあげたかった」

感情を吐露しながら、自分の気持ちがだんだんクリアになっていく。やっと今更私は気付いた。

私は、誰かを好きになりたかったんじゃない。好きになってくれた人を、ただ好きになりたかっただけだった。

「なんだそれ」陣内さんがぽつりと呟いた。「そんなん、めっちゃ愛じゃん」

「愛？」自分とは無縁だと思っていたその言葉に、どきりとする。

「だってそうでしょ。愛以外なくない？」

愛。こんなことが、愛でいいんだろうか。

私は、ずっと一番を愛せていないと思っていた。彼のことを想って眠れなくなったりしない。彼が他の誰かと手を繋いでいても胸はざわつかない。告白されたときに感じていたそれは、二年彼と付き合っていても変わりはしなかった。なのに。

「じゃあ、私は、アロマンティックじゃないってことなんでしょうか」

頭が混乱する。自分が何者なのか分からなくなりそうだ。目の前に置いてある、わざと歪な形に作られた琉球ガラスのグラスの中の緑茶は、さっきからちっとも減っていない。

「まあ、ひとくちに愛って言っても、いろんな形がありますからねえ」

一ノ瀬さんが微笑む。自宅の中だからなのか、喫茶店でまとっていたような緊張感はなく、どこか砕けた口調だった。

「同じように、アロマンティックやアセクシャルだっていろんな形があるんです。自分はアロマアセクだって知って安心する人もいるけど、逆に不安になる人もいるんですよ。この特徴に自分は当てはまらない、じゃあ私は違うんじゃないか、とかね。でもそんなことはない。あくまでただカテゴライズされているだけで、そのカテゴリの人たちがみんな全く同じってわけじゃもちろんないんです。中には、性欲の赴くまま自慰をするなんてアセクシャルじゃないとか、恋人を作るなんてアロマンティックじゃないとか、そんな偏見を持っちゃう人もいるんですけどね」

一ノ瀬さんが、隣の陣内さんをちらりと見遣る。彼は「昔の話だろ」と不機嫌そうに目を細めている。

「かくいう私も、結婚してますからね。アロマアセクの中では珍しいかもしれませんね」

「えっ、そうなんですか」

「はい。隣にいるのが夫です」

「え……ええっ⁉」

素っ頓狂な声が出る。二人の顔を見比べる。一ノ瀬さんはにこにこと笑い、陣内さんは所在なげにそっぽを向いていた。驚きではあったが、この二人の間に流れている気安げな空気感に納得がいく。

「お互い恋愛感情はないんです。もちろんセックスもしない。結婚願望だって元々なかった。きっかけは、私が鬱を発症したことでした。過去の男性恐怖症から併発したような形で、仕事も休職することになってしまいました。このまま辞めるしかないのか、でもそうしたらどうやって生活していけばいいんだろう。そう悩んでいたとき、陣内くんが言ってくれたんです。結婚して、自分の扶養に入ればいいって」

陣内さんが照れ臭いのかもじもじしている。彼の印象からは、そんな提案ができるようには正直とても見えないが。

「ただ籍を入れただけで、仕事では旧姓のままだし、当然式も挙げませんでした。それでも周りは祝福してくれましたが、やっぱりいい顔をしない人もいました。アロマンティックのくせに結婚なんて、って結構言われるんですよ。しかも、ストレートの人じゃなくて、同じアロマアセクの人たちに。本当はアロマンティックじゃないんじゃないか、なんて。結局ね、枠からはみ出たマイノリティの中に『アロマアセク』っていう枠があって、そこからはみ出す人たちは奇異の目で見られるんですよ。自分たちがその対象だったくせにね」

一ノ瀬さんはかつて、アセクシャルを自称していた友人に犯された。陣内さんは、アロマアセクに対する偏見に満ちていたという。そんな二人が結婚という形を選ぶまでに、一体どれほどの葛藤(かっとう)があったのだろうかと思いを巡らせてしまう。

「周りからどう見られてるかとか、そんなんどうだっていいよ。僕は自分が居心地が良くて、楽しければそれでいい。結局何より大事なのってそこだろ」

ぶっきらぼうに吐き捨てる陣内さんに、そうだねと一ノ瀬さんが首肯する。慈愛に満ちた眼差(まなざ)しをしている。二人の間には恋愛感情も性欲もないけれど、きっと二人以外の誰にも理解できない絆(きずな)があるのだろう。つまり「めっちゃ愛」ってやつだ。

羨(うらや)ましいな、と思った。今までどんなカップルにも、夫婦にも、羨望(せんぼう)を抱いたことなんて一度もなかったのに。二人を繋げているものが恋愛ではないということが、たまらなく羨ましい。

「神崎さんにも、きっと居心地の良い場所が見つかると思います。残念ながらここは、そうなってはくれなかったみたいですけど」

ぎくりとする。やはり、彼女らの活動に私の心があまり動かされていなかったことはお見通しだったようだ。「すみません」と頭を下げる。

「全然いいんです。全員を救えるなんて、傲慢（ごうまん）なこと思ってませんし、居場所は人それぞれですから。でも、いつでもまた来てくださいね」

「いいんですか？」

「もちろん。ここは駆け込み寺くらいに思っててください。どうしようもなくなったら、ここに来る。そんな感じでいいんです」

どうしてもっと、私は簡単に救われてくれないのだろう。どんなものでも自分の人生だと開き直ればよかった。差し伸べてもらえる救いの手を躊躇なく握ることができればよかった。

「……分かりました。ありがとうございます」

もう一度、頭を下げる。グラスの中の緑茶には、不安を貼り付かせた女の顔。私は「いただきます」と断ると、その中身を一気に飲み干した。

帰宅すると、家は真っ暗だった。そういえば母は出かけると言っていた。電気を点（つ）ける。リビングが蛍光灯に照らされる。

三十年過ごした家。一度もこの家を出たことがない。当然その時間の分だけ思い出がある。幸福も辛酸もあった。あらゆるものが詰まって満ち満ちている。

でも今はもう違う。代わりに溢れているのは、私が存在しない家族の幸福だ。私が昔弾いていたピアノは、蓋(ふた)が閉じられたまま埃(ほこり)をかぶり、その上には写真立てがずらりと並んでいる。美波の結婚式、美波と赤ん坊の頃の真凜、真凜の七五三。棚の中には真凜のおもちゃ。冷蔵庫にはオレンジジュース、冷凍庫にはファミリーパックのアイスが常に入っている。

私はピアノの上の写真立ての一つに手を伸ばす。母と美波と真凜のスリーショットだ。三人が顔を寄せ合い、満面の笑みを浮かべている。美波の旦那(だんな)が撮ったものだ。ピントはずれているし、手ぶれもしているけれど、自然体でいい写真だ。

そっと表面を撫でる。定期的に掃除しているのか、埃ひとつかぶっていない。母が目尻にくしゃりと皺を寄せて、幸せそうな笑みを浮かべている。私の前で、こんな顔を見せたことが最近あっただろうか。

「やだ何、あんた帰ってきてたの!?」

突然背後から、母の声が投げつけられた。私は驚いて、びくりと体を震わせる。その拍子に、持っていた写真立てが手の中から外れた。しまった、と思ったときにはもう遅く、大きな音を立てて床に落ちた。

「あっ、あーっ！　ちょっとぉ、何やってんのー！」

母がハンドバッグをその場に置いて、こちらに駆け寄ってくる。写真立てのガラス部分は大きくひびが入り、ところどころ割れて欠けていた。私は慌ててしゃがみこみ、破片に手を伸ばす。

「だめだめ、危ないから素手で触らないの！　あんた、怪我してないでしょうね？」

「うん。……ごめん」

「いいから、ほら、お母さんやるからどいてなさい」

「ごめん。本当に、ごめんね」

ぽたりと雫が床に落ちた。私の涙だった。両目から溢れて、頬を伝って流れている。母がぎょっとした顔をする。

「やだ何あんた、泣いてんの⁉　やっぱりどこか切ってたの？」

「お母さん、ごめん。幸せにしてあげられなくて、ごめん」

母が怪訝そうな表情を浮かべる。私はジャケットの袖で涙を拭うが、止まらない。袖は濡れてびしょびしょになっていく。

「何言ってんの？　どういうこと？」

「美波は、お母さんのこと幸せにしてる。結婚して、子供作って、お母さんはいっつも楽しそうで。私はできない。幸せにできない。だって、だって」

だって、私はアロマンティックだから。誰のことも好きになれないから。

言えなかった。言葉は喉の奥に詰まり、嗚咽だけが漏れる。もし拒絶されたらどうしようという不安が真実を告げるのを邪魔してくる。あんたおかしいよと言われるかもしれない。だって、私も自分がおかしいと思っている。

「悔しい。悔しいよ。美波ばっかりお母さんを幸せにしてて、ず、ずるいよ」

涙が止まらない私を、母が抱き締める。ぐずる子供を宥めるように、背中をぽんぽんと叩いてくる。

「あぁよしよし、泣かないの。べつにねえ、千凪が結婚したってしなくったって、お母さん幸せだよ?」

「う、嘘だよ。言ってたもん。彼氏いないのかとか、早くいい人見つけなさいとか。私に、結婚してもらいたがってたじゃん」

「そっかそっか、ごめんね。言ったかもしれないね、ごめんね。確かにね、千凪にいい人見つけてもらって、結婚してもらえたらって思ってた。だけどね、千凪、いいんだよ」

母の優しい声が耳に流れ込んでくる。なんだか安心する。こんなに心が穏やかになれたのは、いつぶりだろう。冷たい母の体が気持ちいい。

「どんな形だっていいんだよ。千凪が幸せなら、それでいい。それがお母さんの幸せだよ」

うん、うん、と私は洟をすすりながら頷く。メイクが剝げて両目を腫らして、きっと今の私はとんでもなく酷い顔をしているに違いない。

「でもね千凪、あんたもよくないよ。泣くまで溜め込むくらいなら、きちんと言いたいこと言いなさい。ね?」

「うん。ごめん……」

「相手が思ってることを勝手に想像して落ち込むなんて、馬鹿みたいだよ。そんなんだったら、ちゃんと相手が何を思ってるのか訊くこと!」

「うん、そうだね」

「前にもそんなことあったよ、千凪が小学生の頃さ、お隣にカナコちゃんって子がいたじゃない。

あんたさ、その子が同じクラスのコズエちゃんと喧嘩してるって勘違いして、それで」

「あー、あーあーもういい。分かった、分かりました。反省してます、します、はい」

母の腕の中から抜け出し、濡れてぐしゃぐしゃになった頰を手の甲で拭う。母がじっと私を見つめているが、顔が見られない。床にはガラスの破片が散らばっている。

「ごめんね、写真立て。弁償する」

「いいわよそんなの、どうせ百均のなんだから。それよりほら、片付けるからどいてどいて」

「あ、うん」

痺れる足を庇うようにして立ち上がる。蹲って片付けをする母の丸めた背は小さかった。いつか本当のことを言える日が来るんだろうか。それとも、隠し続けたまま生きていくんだろうか。自分でも答えの分からない疑問を浮かべながら、母をじっと見つめる。

「私、ちょっと散歩してくる」

母が私を見上げた。アイシャドーが濃く塗られた小さな両目が私を捉えて、けれどすぐにまた床に視線を戻す。

「気を付けなさいよ。もう夜なんだから」

「うん。分かった」

母を残し、家を出た。外は真っ暗だ。この辺りは住宅街で、街灯も少ない。家やマンションから漏れる光を頼りに、道を歩いていく。

自分の幸せとか、居場所とか、正直よく分からない。自分がどうすれば幸せになれて、どこにいれば居心地がいいかなんて、みんなちゃんと分かって生きているんだろうか。もしそうならすごいな、と思う。行き先の見えない真っ暗な道を、とりあえず周りからはぐれないよう足元を見ながら歩くので精一杯だ。

ああ、でも。空を見上げる。月が綺麗だ。丸くて大きくて、空が晴れて澄んでいるからか、模様まで見える。

番ちゃんに見せたいな、と思った。綺麗な月も、間抜けな動物の動画も、道端の変な虫も。いつだって私が真っ先に見せたいと思っていたのは、一番だ。そんなくだらないことでも、これが愛ですだなんて言っていいんだろうか。

スマホを取り出し、写真を撮る。高い建物がない空は塗り潰したように真っ黒で、真ん中に満月が輝いている。

一番とのラインを開く。会話を辿ってみる。他愛のない会話が並んでいる。なんか電車遅延してるんだけど。帰りに牛乳買ってきて。おしり。つー。お仕事終わり、お疲れ様、の二人だけの暗号みたいなやり取り。

どんな言葉を一番に送ればいいんだろう。自分から別れを告げたくせに、のうのうと連絡をしてくるなんて、都合が良すぎないだろうか。一番だってきっと迷惑に違いない。

そこまで考えて、さっきの母の言葉が蘇る。相手が思ってることを勝手に想像して落ち込むなんて、馬鹿みたいだよ。

その通りだ。今度こそちゃんと訊こう。一番が何を考えているのか。何を望んでいるのか。

そのとき、手の中のスマホに通知が届いた。一番からだった。驚いてつい「えっ」と声を上げてしまう。満月の写真と一緒に、メッセージが送られてきている。

【今日、月やばくない？】

たったそれだけの文字。なのに心がざわつく。

なんて返したらいいんだろう。どきどきしていた。ただ言葉を送るだけなのに、こんなにも体が強張る(こわば)のは初めてだ。でもきっとみんなそうだったんだろう。安倍川くんも、木嶋くんも、一番も。私に告白してくれたり、プロポーズしてくれたり、どんなシチュエーションだろうが下心だろうが、途方もない勇気が要ったに違いない。

だったらこれはきっと、私の人生で初めての告白だ。道沢一番。私にとって最初の、一番の恋人。

【すごい。私も今、ちょうど送ろうとしてた】

文字を打ちこんで、送信ボタンを押した。

7

初めて彼女を見たとき、随分とつまらなそうな顔をする人だなと思った。

毎朝、通勤の道で見かけていた。長い髪を一つにまとめ、眼鏡をかけて、紺色のださい制服を着て。しかめっ面で、まずそうに煙草を吸っていた。

ただそれだけの人だった。毎朝ただ見かけるだけの人。彼女にとっても、きっとそうだっただろう。毎朝ただ目の前を通り過ぎるだけの人。

でもある日、彼女の目の前で教材の入った袋を破けさせ、ぶちまけてしまった。羞恥で消え入りたい気持ちだったが、彼女は慌てて駆け寄って、まとめるのを手伝ってくれた。教材をきっかけに、初めて世間話も交わした。

最初の厭世的な印象と、社交的な様子がちぐはぐで、妙な感覚だった。どちらかが彼女の本当の姿とかそういうのはなくて、きっとどちらも彼女の本当で、どちらの姿も僕は気になってしまった。

翌日、彼女に礼をしに行った。本当はもっと、いろんな話をしてみたいと思っていた。でも彼女の余所行きの笑顔に躊躇してしまって、何も言えなくなってしまった。その頃の僕は、颯爽とスーツを着こなして、冷静でスマートできちんとしていて、そんな男性像を自分に課していた。浮ついていると思われたくなかった。仕方なく挨拶だけをして踵を返す。すると、彼女に呼び止められて言われた。

「お尻のポケット、出ちゃってます」

とんでもなく恥ずかしかった。同時に、今まで格好つけていたことが全て見透かされているような気分になった。慌てて尻ポケットを戻していると、彼女が吹き出して笑った。

その彼女の笑顔を見ているうちに、なんだか全部どうでもよくなった。どうしてかは分からないけれど、この人なら僕のどんな情けない姿でも、笑って許してくれるような気がしたのだ。

そして僕は、神崎千凪に恋をした。

父が還暦の誕生日を迎えた。お祝いをするから来てね、と母からラインが来ていた。よかったら千凪さんも連れてきてね、とも。

実家へは、兄が啖呵を切ったあの日以来帰っていない。気が重かった。まるで憂鬱を象徴するように、外は大雨が降っている。

それでも行かないという選択肢は存在しない。事前に買っておいたブランド物のネクタイを持って、実家へ向かう。

駅に到着し外に出ると、雨は本降りになっていた。大粒の雨が傘を打ち付けて、跳ねた水滴が背中やズボンの裾を濡らしていく。家に着く頃には服の一部がぐっしょりと濡れていた。チャイムを鳴らすと出てきた母が、家に慌てて招き入れる。

「凄い雨だったね。ほら、ちゃんと拭いて。風邪引いちゃうでしょ」

母が手に持っていたタオルで体を拭いてこようとする。「自分でやれるよ」と半ば強引にタオルを奪うと、そのまま体を拭く。

二階から階段を下りてくる足音が聞こえてきた。兄だった。いつもの毛玉だらけのスウェットを着て、僕と目が合うと不格好に口角を上げた。僕も無言で笑みを返す。

リビングに向かう。いつものように父は、ソファに座ってテレビを見ていた。大して興味もないであろう番組に、目を向けている。僕はその後頭部を黙ってじっと見つめる。後ろからやってきた母が、怪訝そうに僕を見つめる。

父は僕が帰ってきたことに気付いているはずだ。リビングにいることも、たぶん気付いている。それでも父は決して振り向こうとしない。自分から声をかけようとはしない。僕が「ただいま」と言うまで。きっと七十になっても八十になっても、そうやって僕の声を待ち構え続けるのだろう。

「ただいま、父さん」

もう住んではいないこの家で、その四文字を口にすることに微かな違和感を覚えながら言う。

父がゆっくりと振り返る。

「ああ、おかえり」

父が浮かべた笑みに、僕はきちんと笑って返せていただろうかと気にかかる。

今夜の食卓に並んでいるのは当然、父の好物ばかりだ。ローストビーフ、ベーコンのたくさん入ったカルボナーラ、マッシュルームのリゾット、母手製のドレッシングのかかったグリーンサラダ。

先日の父と兄の口論がなかったかのように、食事は進む。父は僕に仕事やプライベートの様子を尋ね、母が相槌を打ち、兄が粛々と箸を動かす。いつもと何ら変わりのない風景。家族喧嘩なんて、たぶんそんなものなのだろう。どれだけ激しく口論をしても、日が経てばけろりとして日常を取り戻す。でも僕の中では、あの日の出来事は楔のように心に打ち込まれている。

平穏な雰囲気のまま、食事が終わった。母はテーブルの上の食器を片付けると、冷蔵庫からケーキの箱を取り出してきた。開けると、ホールのショートケーキが入っていた。

「おいおい、なんだよ。普段通りのケーキでいいのに」父が笑う。

「たまにはいいじゃない、ね。せっかくのお祝いなんだから」

「大袈裟だなあ」

そう言いながらも、父はどこか嬉しそうだ。母はケーキを切り分けると皿に盛り、紅茶の入ったティーカップと共に僕らの目の前に置く。

「あとね、これ。私と勝利で選んで買ったの」

母がクローゼットを開けて、包装紙に包まれた箱を父に手渡す。

「なんだ、わざわざいいのに」

「いいじゃない、還暦のお祝いのときくらい。ねえ、よかったら今開けてみて」

父が丁寧に包装紙を外し、箱の蓋を開ける。中には紅葉色のカーディガンが入っていた。

「なんだか洒落てるな。ありがとう」

「ずっと着てたカーディガン、袖のところほつれちゃってたでしょ。色はね、勝利が決めてくれたの。還暦だし、赤系の色はお父さん似合うからって」

「そうなのか。勝利、ありがとう」

父が兄に微笑みかける。ここ数年、そんな光景は見たことがなかった。会話らしい会話すら久しくしていなかったのに。兄も驚いた様子で目を見開き、「ううん」と小さく首を振る。

「そうだ、俺も」腰を浮かせ、鞄からネクタイの入った箱を取り出す。「これ、プレゼント」

父が受け取り、フィルムで透けて見えるネイビーのネクタイをまじまじと眺める。

「なんだ、一番まで。高かったんじゃないのか？」

「まあ、それなりだけどさ。でも気にしないで」

「そうか、ありがとう。二つとも会社にしていくよ」

「うん、していってよ。両方してったらちょっと色合いがちぐはぐだけど」

僕が言うと、確かになと父が笑って、つられて母と兄も笑う。

「そうだ、せっかくだから写真撮りましょうよ」

母が腰を浮かす。父は渋るが、母に半ば強引に横に並ばされる。僕のスマホを棚の上に立てかけて、タイマーで写真を撮った。家族で写真を撮るなんていつぶりだろう。後でみんなに送るね、と言ってスマホをテーブルに置く。

和やかな雰囲気だった。そうか、家族ってこういうものだよな、と実感する。どんなにいがみ合って罵り合っても、許し合えるのがきっと家族なのだ。これからもきっと、父は僕に男らしさを強いてくる。でもそれは僕が耐えればいいだけのことだ。それにたぶん、父だって許してくれる。息子の選んだ道ならばと笑ってくれる日がいずれ来る。

「それじゃあ、ケーキいただきましょうか」

母がフォークを手にすると、「ちょっといいか」と父が制した。

「みんな、今日は本当にありがとう」

父が深々と頭を下げた。母がフォークを皿の上に戻し、背筋を伸ばす。僕も居住まいを正す。

父の演説は時折始まる。最後は僕が二十歳になったときだったから、久しぶりだ。僕らはまるで祈りの時間のように姿勢を正し、俯く。紅茶が冷めてしまわないか心配になりながら耳を傾ける。

「妻と、息子と、六十の誕生日を祝えるなんて、俺は本当に幸せ者だと思う。色々大変なこともあったけど、今この瞬間を迎えられて、努力は無駄なんかじゃなかったんだなと痛感してる。やっぱり、男としての幸せは、こうやって家族に囲まれて過ごすことだな」

伸ばした背筋に力が入った。思わず兄の顔を横目で見る。表情なく、ただテーブルを見つめていた。静かに息を吸って、腰を据え直す。

「母さんとはな、二十四のときに今の職場で出会ったんだ。母さんは綺麗で優しい人で、俺には高嶺の花だった」

何度も耳にした話が、父の口から語られる。両親の馴れ初めを聞いて喜ぶ子供はあまりいないだろう。母も居心地が悪そうにしている。

母は、父にとって初めての恋人だったらしい。ずっと母さん一筋なのだと父は言うが、何度も口にするのはきっとコンプレックスの裏返しだ。いつだったか、父は僕に言った。結婚する前に遊んでおけ、と。きっとそれは父の後悔なのだろう。

「母さんを好きになって、恋人同士になれて。今まで色恋に無縁だった俺は、ようやく人生が始まった気がしたよ。やっとちゃんと、人になれた気がしたんだ」

今まで聞き流していた中で、その言葉がざらりと残った。分かっている。父に悪気はない。人生を変える出来事だったという喩えで言っているだけだろう。

それでも、僕にはどうしても呑み込めなかった。唇を噛んで、ぎゅっと瞬きをし、そして口を開いた。

「じゃあ、恋をしてない人は人じゃないってこと？」

話を遮られた父が不愉快さを浮かべて僕を睨む。母と兄が顔を上げた。

「なんだ、一番。人が話しているときに口を挟んでくるんじゃない」

「ねえ。恋をしてないと、人生は始まらないの？」

父が呆れたように溜息をついた。喉の奥が詰まる感覚に襲われる。目を逸らしたくなるが、堪える。

「何を噛みついてるんだ、お前は。そんなの言葉の綾だろうが」

「そうだよね。恋愛なんかで、人の価値は決まらないよね。誰かを好きになることのない人生だって、ちゃんと人生だ」

「お前は、さっきから誰の話をしているんだ？」

父が訝しげに目を細める。僕がおかしくなったとでも言いたそうな表情だ。自分でもどうかしていると思う。こんなことくらい、今までは呑み込めていたのに、気に障って仕方がない。

「誰かを好きになったことがない人なんて、いるわけないだろう」

父のその一言が、僕の中に深く突き刺さった。

腹が立った。父にもだけれど、自分にも。僕だってかつてはそう思っていた。そして父が今吐いたような言葉を、千凪に投げつけていた。自分の無神経さに怒りが湧いてくる。

「いるんだよ。そういう人だっているんだ、ちゃんといるんだよ」

「あのな、いいか一番。お前が誰のことを言ってるのかは知らないけどな。人を好きになったことのない人間なんて、どこかしらに欠陥があるに決まってる。そんな奴を引き合いに出してくるんじゃない」

　僕は激昂した。ふざけるな。知ったような口を利くな。どれだけ千凪が、悩んで苦しんで生きてきたか、知ってるのか。

　言葉が飛び出てきそうになるが、口から漏れるのは熱の籠った吐息だけだった。怒りのあまり何も言うことができない。異様な雰囲気を察したのか、母が媚びたような笑みを浮かべる。

「ほら、みんな、ケーキ食べましょ。せっかく買ってきたんだから」

　再びフォークを手にする母に、「母さん」と声をかける。

「聞いてもらいたい話があるんだ。みんなに、母さんにも。だから、ケーキはもう少し待ってくれないかな」

　母が父をちらりと見る。憤然とした様子で、腕を組み椅子の背もたれに寄り掛かっている。視線は下方のどこかを睨みつけていて、僕の話など聞きたくないと全身で語っていた。

「話なんていいじゃない、また今度で。ねえそれよりもここのケーキね、いつものところじゃないのよ。バスでちょっと足を伸ばして、有名なところで買ってきたの」

「母さん。お願いだから、聞いてよ」

「予約するとき、ケーキの種類がいっぱいあってね。どれにしようかなあって迷ったんだけど、やっぱりお父さんはショートケーキかなって思って」

「ねえ、ケーキの話はもういいから」

「お父さん、クリームは甘すぎない方が好きよね。どんな感じかしら、楽しみね。さ、早く食べましょ」

「母さん！　話聞いてよ！」

「紅茶が冷めちゃうでしょう！」

母が叫んだ。

僕はぎょっとする。兄も目を丸くしていた。さすがの父も、腕をほどいて母の姿を見つめている。母が激昂するところなど、見たことがない。深く俯いていて、母の顔がよく見えない。手には強くフォークが握られている。

「せっかく、淹れたんだから。ちゃんと飲んで」

声が震えていた。ごめん、と僕は小さく謝る。僕らはフォークを手に取り、ケーキを食べ始めた。

母は母で、闘っているのだろう。波風が立たないよう、壊れてしまわないよう、この家の家族が、家族としてその形を保てるように。そのために何も口を挟まず、笑顔を絶やさず、毎晩夕飯を作り続けているのだ。それがどれだけ大変なことか、僕には分からない。胸が痛む。僕が今から話そうとしていることで、母が守り続けてきた家族にひびを入れてしまいかねない。

僕と千凪は、一緒にいる道を選んだ。お互い悩み抜いて出した結論だった。

問題は山積している。未だ整理しきれていない感情だってある。この先どうなるかは分からないけれど、一緒にいられないことの方が何倍もつらかった。

だけど僕の中で、どうしても黙認しておけない問題があった。父のことだ。千凪と共に人生を歩むということは、ひいては父を失望させるということになる。

このまま隠し続けることもできた。でもそれは、自分が千凪を認めることができていないようで嫌だった。千凪に許可を取り、家族に千凪のことを話すのを了承してもらった。

きっと、いい顔はしないだろう。でも、言葉を尽くせばきっと、最後には認めてくれる。だって家族だから。僕はそう信じていた。

無言のまま、僕らはケーキを食べ終える。僕がフォークをかちゃりと皿の上に置くと、母が弾かれるようにして立ち上がった。「紅茶、お代わり淹れようか」とポットに手を伸ばしかける。

「母さん」

僕が口を開きかけると同時に、兄が強い語気で制した。母の体がびくりと震える。

「ちゃんと、イチの話聞こうよ」

母が観念したように椅子に座り直す。父が深く息を吐いて、また大きく腕を組む。僕は口の中に溜まった唾液を飲み込むと、椅子に座り直し、居住まいを正す。

「千凪のことなんだ」

千凪さん、と母が呟いた。

「さっきの、誰かを好きになったことのない人っていうの。あれ、千凪のことなんだ」

父と母が同時に目を見開き、隣では兄が小さく「えっ」と声を出すのが聞こえた。

「アロマンティック・アセクシャルっていうらしい」

当然、聞き慣れないのだろう。怪訝そうな表情が全員に浮かぶ。

僕はゆっくりと説明をする。言葉を重ねるたびに、父と母の顔が曇っていく。分かっている、当然の反応だ。分かっていても話す舌がどんどんと重くなる。でもきっと、僕もこんな顔をしていたんだろう。きっと、千凪もこんな思いをしていたんだろう。

「ちょっと待って、どういうこと?」

話を聞き終えた母が頰に手を当て、目を泳がせている。

「千凪さんが、誰にも恋愛感情を抱かないってことは、一番のことも、好きじゃないってことなのよね?」

「うん。そういうこと」

「じゃあ、千凪さんとお別れしたってこと?」

「一度、別れたけど。今はまた付き合ってる」

訳が分からない、という表情で母が頰に爪を立てる。口に出すと、自分でも訳が分からないなと思う。恋人は僕のことを愛していない。なのに、付き合い続けている。理解はされなくて当然だ。覚悟の上で、それでも分かってもらいたくて僕は今ここにいる。

「好きなんだ、千凪のことが。だから一緒にいる。でも結婚はしない。もちろん、子供も作らない。そう決めたんだ」

父の薄い眉(まゆ)がぴくり、と動くのが見えた。咄嗟(とっさ)に目を逸らすが、すぐにまた戻す。

「そんなの、付き合ってるって言えるの?」

母が尋ねてくる。どこか切迫した声だ。

「それは、正直分からない。でも俺は今の形がベストだと思ってる」

「一番はつらくないの？　片思いみたいな状態で、家にずっと一緒にいて」

「そりゃ、つらいこともあるかもしれないけど、別々になる方がもっとつらいんだ」

「だけどもし一番が、他に好きな人ができたらどうするの？」

「そんなの、どうなるか分からないよ。母さんだって、他に好きな人ができるかもしれないって思いながら父さんと付き合ってたわけじゃないでしょ？」

「そ、そうだけど。でも」母が大きく息を吸う。「一番、ねえ、一番。あまり性急に結論出さない方がいいわ。お互いがきちんと愛し合ってない関係なんて、すぐに駄目になるに決まってる。一番のことをちゃんと想ってくれる人を探すべきよ」

母が身を乗り出して言い募る。無理解な言葉を投げかけられることは覚悟していたが、やはりつらい。ぐっと奥歯を噛み締める。

「千凪は、俺のことをちゃんと想ってくれてるよ。ただそれが、恋愛感情っていう形をしてないだけで」

母が僕を凝視しながら、前のめりになっていた体を正す。自分の知っている息子ではない、と視線が物語る。そのまま救いを求めるように、父を見た。だが父は今日何度目か分からない溜息をつくと、がたりと音を立てて立ち上がった。

「どこ行くんだよ、父さん」僕も椅子から腰を浮かす。

「馬鹿馬鹿しい。こんな話聞いてられるか」

「ちゃんと聞いてくれよ。俺は、父さんにも分かってほしいんだ」

「熱に浮かされた奴のうわ言なんて聞きたくもない」

取り付く島もない。どうやったら僕の声が届くのだろう。やっぱり、理解してもらうことは無理なんだろうか。浮かしかけた腰を下ろそうとした。

「逃げるんだな、父さんは」

けれど、兄のその言葉が遮った。踵を返そうとしていた父が、じっとりと兄を睨む。

「逃げるだと？」

「そうだろ。自分の息子から逃げるだなんて、情けない父親だな。僕には逃げるななんて何度も言ってきたくせに」

父の目つきが更に鋭くなる。しかし兄はたじろぎ一つ見せない。

「イチだって、雰囲気に流されて言ってるわけじゃない。考えた末に出した結論なんだろう。正直、僕にだってよく分からない世界の話だけど。でもだからって馬鹿馬鹿しいって両断して話を聞かないのは、逃げるのと一緒だ」

ちっ、と父が舌打ちをする。緩慢な動作で椅子に腰を下ろし、脚を組んで僕に向き直った。

「なら、言わせてもらうがな」

低い声が耳の奥で響く。僕には一度も向けられたことのない、冷たい声。

昔のことを思い出していた。兄が部活を辞めたことが父にばれてしまった日のこと。あのとき兄に向けていた冷たい視線と声が、今、僕に向けられている。

「お前はな、今、浮かれてるだけだ。愛されなくても愛している自分に酔えて、さぞかし気持ちいいだろう。でも、一年、二年と経つにつれ、だんだんと物足りなさを感じるようになる。人間はな、与えた分だけ与えられたい生き物なんだよ。どうして自分だけこんなに与えてるんだ、って思ったときには、もう駄目なんだ。いいか、一番。無償の愛なんてものはな、この世には存在しないんだよ」

「そんなこと、分かってる。分かってる上で俺らはこの形を選んだんだ」

「綺麗事だな、一番。お前は現実を分かってない、ただの理想を語ってるだけだ」

中指で眼鏡を押し上げる。そんな些細(ささい)な仕草ですら、父の憤りの象徴に思えて仕方がない。

「一番、お前は性的不能者なのか？」

唐突な質問に僕は「えぇ？」と素っ頓狂(とんきょう)な声を上げてしまう。隣の母も、父を見て固まっている。

「インポテンツなのか？　違うだろう？　女性の体を見て、興奮して、正常に反応するだろう。だけどお前はそんな状態になったとしても、抱くことすらできない。お前のことだ、浮気して発散するなんてこともできないだろう。お前にそれが耐えられるのか？　男として、そんなことが我慢できるっていうのか？」

男として。男らしく。今までは僕を動かす糧になっていた父の言葉が、ただの足枷(あしかせ)にしか思えない。僕が反論しようと口を開きかけると、父がふっと笑った。硬さが抜け、いつもの柔和な表情になる。

「いいか、一番。好きな人を抱くっていうのはな、性欲の発散だけじゃない。その人に対しての愛情表現なんだ。それを受け入れてくれるってことが、愛情表現のお返しなんだよ。お前の気持ちもよく分かるよ。恋人だと思っていた相手に、実は好きじゃなかったなんて言われて、すっぱりと諦めきれないのもよく分かる。だけどな、一番。お前はまだ若い。結論を出すにはまだ早すぎる。母さんの言っていた通り、また別に好きな人ができるかもしれない。そうなったとき、お前は優しいから、きっと葛藤するだろう。千凪さんを見捨てられなくて、苦悩するかもしれない。別れを選択したとしても、彼女を裏切ったという事実が一生ついて回る。一番、お前はそういう人間だろう。そのとき後悔するくらいなら、今がいい。まだ傷が浅いうちがいいよ。離れ離れになるのがつらいのは、よく分かる。それでも勇気を出して別離を選択することが、お前のためにも、千凪さんのためにもなるんじゃないのか」

さっきとはうって変わって、優しい声色だった。柔らかく体の中に響いていく。

父の、言う通りかもしれない。自分でも驚くくらい、先程までの気焔が勢いを失っていく。何も言えず俯く僕に、兄が「イチ」と声をかけてくる。

未来のことは分からない。だからその先に、父の言うような結果が待っているかもしれないことは、否定できない。そのとき傷つくのは、僕ではなく千凪だ。

父や母だって、きっと落胆している。息子が愛し合う人と結ばれ、孫を抱かせてくれることを望んでいたはずだ。その期待も裏切ることになる。

僕の選択は間違っていたんだろうか。結局、誰も幸せにならない方法を選ぼうとしているんだろうか。

「一番」

父が穏やかに名前を呼ぶ。俯いた顔を、上げようとしたそのときだった。

ぶぶ、とスマホが振動する。ただのSNSの通知だ。画面が光る。視界に待ち受けが映る。

月の写真だった。十数日前に千凪が送ってくれた、満月の写真。周りには木々の端が見えるだけでほとんど何もなく、球体は煌々と輝いている。

月を見つめる。やがて画面は暗くなり、暗転したスマホの表面に自分の顔が映る。なんて情けない、酷い顔をした男なんだ。僕は息を深く吸い、顔を上げた。

「ごめんって、言ったんだ。千凪は」

「なんだって?」父が眉を顰める。

「好きになれなくてごめんって、言ったんだよ、俺に。俺はそれだけで充分なんだ。そう思ってくれるだけでいいんだ。他の誰が、そんなもの愛でも恋でもないって言おうが、知ったこっちゃない。俺にとっては、愛以外の何物でもないんだよ」

さっきから視線を彷徨わせ落ち着かない様子だった母が、息を呑んで僕を見る。大きな瞳が潤んでいた。

「友達が言ってたんだ。何もしないっていう愛情表現もあるって。俺にできるのは、それなんだ。千凪に対して、何もしないこと。ただそれだけ。耐えてるんじゃない。千凪のことを愛してるからこそ、抱いたり触れたりしないことを選べたんだ。そしてそれは、男の俺だからこそ、できることじゃないかって思ってる」

父の笑顔が、ゆっくりと消えていく。上げていた口角が落ちていく。両目は真っ暗でからからに乾いていた。

「父さんや母さんが危惧してることは、俺だって何度も考えた。考えて考えて、それで今の結論に至ったんだ。確かに世間が思うような正しい形じゃないし、今後どうなるかなんて、正直俺にも千凪にも分からない。でも、俺にとっての幸福は、やっぱり千凪と一緒にいることなんだよ。だから見守っててほしいんだ、この家族には。もし、俺の幸せを願ってくれるのなら」

母が俯いて唇を噛む。両手を擦り合わせたり、揉み合うようにしたり、忙しなく動かした後、胸元に重ねて「分かった」と答えた。

「ごめんね。お母さん、どうしても古い世代の人間だから。そういう人たちがいるってこと、まだ理解しきれてないけど、でも、応援する。一番が選んだ道なら、それでいいよ。きっと、それでいいんだと思うよ」

無理やり作ったような笑顔を、母が浮かべる。完全に本心ではないのだろう。口に出さずとも、きっと母も、息子には「正しい形」でいてもらいたかったはずだ。どこまで本当に応援してくれるのかは分からないが、そう答えてくれたことが何より嬉しかった。目頭がじんわりと熱くなる。感謝と罪悪感で胸が詰まる。「ありがとう」と掠れた声が出た。母が身を乗り出して手を伸ばし、僕の手を握った。かさついて皺の目立つ、冷たい手のひらだった。

「馬鹿馬鹿しい」

しかしその感傷は、父の吐き捨てるような口調に握り潰される。

「そんなことで、お前は幸せになんてなれない。断言してやろう。絶対に不幸になる」

母が手をゆっくりと僕の手から放し、テーブルの下へと隠した。僕は空いた手で拳を作る。

「いいか。幸せの形は人それぞれだなんて、ふざけたことを言うなよ。周りから幸せに見えることが幸せなんだ。結局普遍的なことが幸せなんだよ。俺が、お前が幸せになるために、どれだけ心血を注いできてやったと思ってるんだ。恩を仇で返すつもりか？」

父の言葉に揺らぎそうになるのは、僕の根底に父の考え方がしっかりと根付いているからだ。男なら、結婚して子供を作り、家庭を築く。家を買って車を買って、一家の大黒柱となって、家族を支える。そんな光景が、誰もが認める幸福なのだと。それが当たり前で、普通で、正しい生き方なのだと。

きっと、これからも何度も揺らぐだろう。でもその度に僕は、千凪の言葉を思い出す。千凪が送ってくれた月の写真を思い出す。そうすれば、自分に何が本当に必要なのか、思い出すことができる。

「違う。そんなのは、俺の幸せじゃない。父さんの幸せだろ」

父が虚を突かれたように目を見開き、口をぽかんと開けた。

「本当に、俺のことを思ってくれてるなら。俺の幸せを、邪魔しないでくれ」

沈黙。両手の指先が血の気を失い冷え、小さく震えていた。僕の、初めての父への反抗だった。

ふうーっ、と父が長い長い溜息をついた。顔には諦念が浮かんでいる。薄い唇から、どんな言葉が出てくるのか、僕は祈るような思いで待った。どうか、どうか。僕の、息子の幸せを願う言葉であってくれ。

父が口を開く。

「一番。お前にはがっかりだよ」

目の前がぐらりと回る。

父の答えは、失望だった。僕がずっとずっと恐れてきたことだ。僕は、父から見放されたのだ。

「その女と付き合い続けるつもりなら、二度とこの家に顔を出すんじゃない」

それはきっと父の最後の警告だった。ラストチャンス、と言い換えてもいいかもしれない。ここで僕が低頭すれば、父は受け入れてくれるだろう。さっきまで笑い合えていた、「正しい形」の家族に戻れるかもしれない。

僕は椅子から立ち上がった。テーブルから抜け出し、父の前に立つ。そして、頭を深々と下げる。

「今まで、お世話になりました」

次の瞬間、がん、と大きな音がした。父がテーブルを蹴(け)った音だとすぐに分かった。視線を落とした爪先に、何かが叩きつけられる。握り潰されぐしゃぐしゃになった、ネクタイの入った箱だった。

僕は顔を上げる。誰の顔も見ることなく、床に置いてあった鞄を摑(つか)み、足早に玄関へ向かう。

「一番!」母が呼び止める。「構うな、ほっとけ!」父が怒声を浴びせかける。

急(せ)き立てられるように靴を履いていると、「イチ」と声をかけられた。兄だった。

小さな黒目が彷徨っている。口元をもごもごとさせて、どうしたらいいのか自分でも分からずにもどかしくなっているように見えた。やがて、不格好に口角を上げる。

「いつでも、連絡してこいよ」

それは兄なりの救済だったに違いない。僕は笑って「ありがとう」と返すと、兄に背を向け家を出た。

ふと、家を見上げてみる。縦長の小さな家。一階にはリビングとキッチン、広めの和室とトイレと風呂。二階には父と母の寝室と、父の書斎、もう一つのトイレ、そして僕と兄の部屋。煉瓦造りの壁には「道沢」と楷書体で書かれた表札が掲げられている。

間違いなく、僕が生まれ育った家だった。

踵を返し、駅へと向かう。雨はいつの間にかやんでいた。道路にはいくつもの水溜りができていて、僕は避けながら歩く。

スマホを取り出す。千凪に【終わったよ】とだけメッセージを入れ、またポケットに戻す。

「あ」

思わず声が出た。傘を家に忘れてしまった。僕がいたという痕跡を残していきたくなかった。

夜空は雲がまだ去っていないのか、真っ暗で星一つ見えなかった。

駅に着いたとき、千凪から返事が来ているのに気付いた。

【お疲れ様。ホームの待合室にいる】

どういうことだろう。家で待っていると言っていたのに。慌てて改札を抜け、足早にホームへ向かう。ガラス張りの待合室のベンチには、確かに千凪の姿があった。他には誰の姿もなく、ぽつんと座っている。切らした息で「千凪」と呼ぶと、いじっていたスマホから顔を上げ、僕に小さく手を振った。

「ち、千凪。なんでここにいるの？」

「番ちゃんが心配で、来ちゃった」

「来ちゃった、って……まさか、ずっとここにいたんじゃ」

「そんなわけ！　この辺ぶらぶらして時間潰してたよ」

この辺、といっても駅の周辺にはいくつかチェーン店があるだけで、見て回るような場所なんてない。千凪の顔を見た途端、全身から力が抜けていく。へなへなと千凪の隣に腰掛ける。

「どうだった？」

千凪が訊いてくる。僕は首を横に振る。

「そっか」

そう呟いた千凪の声があまりにも優しすぎて、鳩尾の辺りが熱くなる。鼻から吸い込んだ息が異様に冷たい。

「なんかさあ。駄目かもって思ってたけどさ、でもさあ。でも」

うまく言葉が出てこない。舌がもつれる。声の出し方を忘れてしまったかのようだ。

この世界に、二人だけなら良かった。二人だけなら、他に何も要らなかったのに。二人だけじゃないから望んでしまう。祝福してくれる暖かな拍手が欲しくなってしまう。

口籠る僕を、千凪がじっと見つめている。どうしよう、こんなに情けない姿なんて見せたくないと焦るほど、言葉が喉に詰まる。

するといきなり、千凪が僕の左手を握ってきた。

「あっ、えっ、ちょっと」

僕は焦る。咄嗟に振りほどこうとしても、力が入らない。どうして。千凪は、僕に触れたくなかったはずなのに。

「ごめんね、自分勝手で」千凪が囁(ささや)く。「でも、こうしてたいの」

「えっ、でも、俺、今ちょっと走ってきたから、汗かいてて」

「いい。いいよ。大丈夫だよ」

久しぶりに触れた千凪の手は冷たかった。僕の熱を全て吸い取ってしまいそうなほどに。

視界が歪(ゆが)む。鼻が詰まる。吐く息は短くなり、唇が震える。

駄目だ、と思ったときにはもう遅かった。目頭に溜まった涙が、一粒線を描いて小鼻を通り過ぎていく。慌てて右手の指で押さえる。それでも一度流れ始めた涙は止まらない。

「と、父さんに」

吐き出した声も震えて、掠れている。

「父さんに、分かってもらいたかったなあ」

僕のうわずった声が響く。暗闇に包まれた誰もいない待合室は、まるで二人だけ切り取られてしまったかのようだった。

千凪は、僕が泣き止むまでずっと手を握っていた。

8

【おしり】

三文字だけ打つと、完全にシャットダウンしたノートパソコンを閉じる。真後ろの席に座る柳瀬が、にやにやと笑みを浮かべながら近付いてくる。

「なんだよ、今日はお早いお帰りじゃん。華金だもんなあ、「デートか？」

揶揄（やゆ）する柳瀬のパソコンの画面も、シャットダウン途中の青い画面になっている。

「そういうお前こそ、早く帰りたくって仕方ないって感じだぞ」

からかい返すと、えへへと気味の悪い笑いが更に返ってくる。

「まあ、せいぜい仲良くしてくれよ。じゃあな」

コートを着ながら立ち上がる。「じゃあなー」と柳瀬がぶ厚い手をひらひらと振った。

電車に乗ると同時に、千凪から返事が来た。

【つー】

短い二文字の後に、【私も今から帰る】と続く。

最寄り駅に着く。電車を降りて、改札を抜ける。近くの柱に凭れかかり、行き交う人々をぼんやりと眺める。

しばらくして、「お待たせ」と肩を叩かれた。千凪だ。

「寒いんだから、先帰ってて良かったのに」

「まあ、いいじゃん、たまには一緒に帰るのもさ」

「たまにはって、先週も一緒に帰ったじゃん」

へへへ、とおどけてみせる。

駅を出ると、パン屋が見えた。以前コンビニがあったところだ。僕が店を指差す。

「ここ、毎朝すごいんだよ」

「すごいって？」

「人が。朝から長蛇の列」

「ええ、そうなの。そんな美味しいの？」

「分かんない。気にはなるけど、まだ買いに行けてなくてさあ。オープン前は絶対すぐに行ってやろうって思ってたのに、なんか人が並んでると行く気失くすんだよね」

「なんかさ、結構天邪鬼だよね、実は」

しばらく歩くと、古ぼけたアパートの前に出た。千凪が階段下を覗き込む。

「あー、今日はトラ太郎いないや。残念」

「トラ太郎じゃないから。トラ子だから」

「えー、今更呼び名変えらんないんだけど。トラ太郎でよくない？」

「駄目でしょ、女の子なのにトラ太郎は」

「それにしても、メスだったとはびっくりだよね」

「ね。顔つきだけで完全にオス認定してたよ」

アパートの前の道をひたすらまっすぐ歩く。ドラッグストアやラーメン屋を横目に道を進んでいくと、マンションが見えてくる。ちょっと年季が入った外観の、煉瓦造りの建物だ。

マンションに入る。不安になるくらい軋(きし)んだ音を立てるエレベーターで四階に上がり、部屋の前に立つ。鍵穴(かぎあな)に鍵を差し込み、右に回した。

回した、つもりだった。だが回らない。金属の擦(こす)れる音がするだけで、動かない。

「あ、あれ。おかしいな」

「管理人さんに直してもらったんじゃないの？」

「いや、そのはずだったんだけど。またおかしくなったのかな」

何度か回してみるが、がちゃがちゃと音が鳴るだけだ。千凪が苦笑しながら「どいて」と差されたままの鍵に手を伸ばす。そのまま右に回すと、かちゃ、と音がして呆気(あっけ)なく開錠した。

「えっ、あれえ、なんでだ……」

「まだまだ修行が足りませんな、番ちゃん」

にやっと笑うと、抜いた鍵を僕の手の中に戻してくる。僕は思わず、千凪の顔をじっと見つめる。

「何にやにやしてんの？」

千凪の指摘に、僕は慌てて口元を隠す。

「えっ。俺、にやにやしてた？」

「してた。きもちわるー」

「あ、ひでー」

鍵を握ったまま、ドアノブに手をかける。手前に引こうとして、僕はぽつりと呟いた。

「千凪のその、番ちゃんって呼び方、好きなんだ」

「えっ。何、急に」千凪が苦笑する。

「一番じゃなくてもいいよ、何番だっていいんだよって言ってもらえてるみたいで、嬉しいんだよね」

千凪がきょとんとした顔をする。しかし、すぐに破顔して言った。

「そんなの、何度だって呼んであげるよ」

ありがとう。僕は返す。その言葉が、たまらなく嬉しい。

悔やむこともあるかもしれない。分かり合えないときもあるかもしれない。それでもこれだけは間違いなく言える。神崎千凪。僕の、恋人だ。

僕はドアを開く。

ただいま、と二人の声が重なった。

本書は書き下ろしです。

photos
酒井貴弘
cover model
葉山かえで（MyDearDarlin'）
book design
坂詰佳苗

君嶋彼方（きみじま　かなた）
1989年生まれ。東京都出身。「水平線は回転する」で2021年、第12回小説 野性時代 新人賞を受賞。同作を改題した『君の顔では泣けない』でデビュー。他の著書に『夜がうたた寝してる間に』がある。

一番（いちばん）の恋人（こいびと）

2024年５月31日　初版発行
2024年10月30日　再版発行

著者／君嶋彼方（きみじまかなた）

発行者／山下直久

発行／株式会社KADOKAWA
〒102-8177　東京都千代田区富士見2-13-3
電話　0570-002-301（ナビダイヤル）

印刷所／旭印刷株式会社

製本所／本間製本株式会社

ISBN 978-4-04-114790-0　C0093